古典詩歌研究彙刊

第四輯

龔鵬程 主編

第 12 冊

薛濤及其詩研究

蘇珊玉 著

國家圖書館出版品預行編目資料

薛濤及其詩研究／蘇珊玉 著 — 初版 — 台北縣永和市：花木
蘭文化出版社，2008〔民 97〕

目 2+160 面；17×24 公分
（古典詩歌研究彙刊 第四輯：第 12 冊）

ISBN 978-986-6657-42-9（精裝）
1.（唐）薛濤 2. 唐詩 3. 詩評

851.4417 97012103

ISBN - 978-986-6657-42-9

9 789866 657429

古典詩歌研究彙刊
第四輯 第十二冊 ISBN：978-986-6657-42-9

薛濤及其詩研究

作 者 蘇珊玉
主 編 龔鵬程
總 編 輯 杜潔祥
出 版 花木蘭文化出版社
發 行 所 花木蘭文化出版社
發 行 人 高小娟
聯絡地址 台北縣永和市中正路五九五號七樓之三
電話：02-2923-1455／傳眞：02-2923-1452
電子信箱 sut81518@ms59.hinet.net
初 版 2008 年 9 月
定 價 第四輯 20 冊（精裝）新台幣 28,000 元

薛濤及其詩研究

蘇珊玉 著

作者簡介

蘇珊玉，文學博士，現任國立高雄師範大學國文系教授。曾任台北市國民中學教師、高中（附中）兼課教師、國立台南師院語教所兼任副教授、國立高雄師大助教、講師、副教授。並擔任 96 學年度九年一貫國語文領域計畫中央輔導委員。專著有《盛唐邊塞詩的審美特質》（臺北：文津出版社，2000），《人間詞話》審美觀發微（高雄：復文圖書出版社，2005）。近三年學術會議暨期刊論文：有〈王國維「天才說」探微〉（《高雄師大學報》18 期，頁 97 ～ 118），王國維「歐穆亞」說之於陶詩審美的可然性：管窺陶淵明之〈責子〉詩與〈閒情賦〉（國立成功大學第四屆文學藝術與創意研發學術研討會）;〈「比德說」在陶淵明〈飲酒〉組詩的審美深化〉（《國文學報》第 8 期，頁 39 ～ 69）等。

提　　要

　　歷來女性文學家不曾為時勢所泯滅而展現出來的睿智聰慧和創作毅力，值得吾人注目。至若能夠駐足中國文學殿堂者，則其成就尤顯難能可貴。因而在詩學成為唐代藝術結晶的表徵裡，儘管造就了無數卓越的詩家與出色優異的作品，亦不乏女性詩人參與此項吟詠創作的行列。在浩瀚豐盈的唐代詩海中，女詩人的作品有如珍饈美饌中的蔥花點綴，向來為人所疏略。因此，本文便凝聚焦點於唐代女詩人中－薛濤，這位身份特殊且才情燕婉的中唐才女身上。希望從其個人與作品尋求有唐一代詩伎的風采，及女詩人對中國這座雄偉瑰麗的詩歌寶殿所作的努力及貢獻。

　　本文共六章，分成二大主題。其一為薛濤本人的評價，其二為作品剖析。全文前半部著重時代環境、地理環境與薛濤生平、生活的結合，以及她個人才藝的表現；後半部則著眼於文學背景與薛濤個人才情及作品的結合，以及她屹立中唐詩壇地位的剖析。六章之內容簡述如下：

　　第一章『緒說』，敘述研究動機、目的、範圍及限制，並兼及資料運用和研究方法。

　　第二章『薛濤的時空背景與生平事蹟』，就大環境與薛濤生活範圍的結合進行瞭解，並從中唐政治社會、文化教育、詩人自身作品等方面闡述薛濤的生平梗概與文學生活。

　　第三章『薛濤的詩歌創作』，從中唐文壇與薛濤詩作的關聯和影響，來說明薛濤創作的成長空間，及其作品表現的格律體式，和所反映的感情思想。

　　第四章『薛濤詩的藝術特色』，說明濤詩的聲文、形文表現，和積學日久的渾化技巧，以及緣自其個性情思、生命情態、創作態度所展現的文采風格。

　　第五章『薛濤詩的成就』，分就薛濤在唐代女詩人的地位，及其令「辭客停筆」、「公卿夢刀」的藝術功力，和她與時共進、創作有本的文學涵養，與身後歷來文人對這位風月中的蘭麝天香，所展開的文學餘響等方面來探析其詩歌成就。

　　第六章『結論』，綜上各章節歸結八項訊息，以茲為同好者互相切磋之據。

　　由來稗官野史、訛附傳說所遺留對薛濤的種評說，儘管充滿杜撰和獵奇，但於多數持論公允與讚賞洪流中，吾人可窺知薛濤除了以豔麗的姿色和風流的故事為人津津樂道外，更以她溫婉秀麗、清奇雅正、無雌聲的詩篇……在詩人輩出、佳作如林的唐代詩壇中爭得一席之地，而為時人所傳誦，為世人所緬懷。

目

次

第一章　緒　說

　　唐代自（西元 618～907 年）之間，以強盛的國勢，融合異族文化於傳統中。由於政治昌隆、社會經濟發達，聲舞樂器的傳播和文學本身的演進，使得詩學成為唐代藝術文化的結晶。這期間，造就了卓越的詩家與出色優異的作品。清康熙四十二年（1701）始議修纂，四十四年敕令校定刊刻（1703）的《御定全唐詩》（以下簡稱《全唐詩》）共九百卷，收錄了二千二百餘家的各詩體──古詩、樂府、絕句、律詩，共四萬八千九百餘首，自帝王權貴乃至販夫走卒皆有所創作，而題材的廣泛、意象的豐贍、技巧的圓熟……在在說明唐詩反映唐人生活，而且成就非凡影響深遠。在浩瀚的詩海中，女詩人也佔一席之地，她們為建造這座雄偉而瑰麗的詩歌寶殿，作了可貴的貢獻。

第一節　研究動機與目的

　　中國的宗法社會形成以後，社會、經濟、政治等活動莫不以男性為中心，求學讀書當然是男性的專利，故文學著作自然以男性為主體。檢視中國文學發展之歷程，女性文學家固不及十一，且在「士有百行，女唯四德」的古代社會中及傳統禮教的約束下，女詩人的才名，鮮少越出閨閣。有唐一代的女詩人，在不需應進士試，亦用不到行卷的前提下，卻能在《全唐詩》中參與了吟詠創作的行列，著實難

能可貴。故胡雲翼在《中國婦女與文學》裏道：

> 因爲生活的層層桎梏，那些被壓迫在宗法社會底下的婦
> 女，她們一切值得謳歌的天才和能力，都不容許表現出來，
> 簡直可以說，她們的能力是受禮教的摧殘而葬送了。……
> 然而在文學方面，女性卻曾遺下卓越的成就，使一部中國
> 文學史還籠罩著女性文學的異彩，給予我們一點讀文學史
> 的安慰。……

中國堪稱詩的國度，至於什麼時候開始有女詩人的，目今尙無確論。
朱熹《詩集傳》則指出我國第一部詩歌總集《詩經》裏，已有女子所
作之詩篇。他以爲《詩經・鄘風・載馳》的作者即是女性，她是春秋
衛國宣姜之女（衛戴公之妹），因嫁給許國國君穆公爲夫人，稱爲許
穆夫人。或有人以爲《詩經》中如〈王風・伯兮〉，〈鄭風〉中的〈山
有扶蘇〉、〈狡童〉、〈將仲子〉都是婦女所作，可惜未留姓名。

　　五言詩成於漢代，有幾位女詩人見於著錄，如竇玄妻的〈古怨
歌〉、蘇伯玉妻的〈盤中詩〉、烏孫公主的〈悲愁歌〉、卓文君的〈白
頭吟〉、蔡琰的〈悲憤詩〉等均膾炙人口。魏晉以下，歷代都有女詩
人，或僅見於著錄而詩與名俱亡，或詩存而名佚。例如鍾嶸《詩品》
曾論及漢代之班婕妤、徐淑，齊代的鮑令暉、韓蘭英，而今這幾位女
詩人的作品雖均已亡佚，以其姓名能列入《詩品》，則可知當時必有
傑出的詩作流傳。及至有唐一代，上官婉兒、李季蘭、薛濤、魚玄機，
五代的花蕊夫人，宋代的李清照、朱淑眞，明代的方維儀以及清代的
徐湘蘋、秋瑾等，都是閨中詩手的佼佼者。因此，女性詩人在中國詩
壇上的影響，值得研究。

　　唐代以詩歌寫下中國文學史上璀璨的一頁，在封建社會裡，女詩
人受環境的衝激遠超過男性詩人，在「女子弄文誠可罪，那堪咏月更
吟風。磨穿鐵硯非吾事，繡折金鍼卻有功。」（朱淑眞〈自責〉詩）
的風氣下，女性立場和視角與男性有別，而民間女詩人的創作，更表
現了不同於男性的價值觀。因此，秉承女性情感細膩、心緒縝密及先

天上較具藝術材質的特質，如能突破社會階級的藩籬而一展長才，必有可觀之處。而薛濤，其身份又不同於一般民間的閨閣詩人，她以一介樂伎及深厚的詩藝，在中唐詩壇上，馳騁她的清麗婉約詩風，遂使詩名遠播。在唐代婦女藝術才情發展的有限空間中，薛濤以其富於浪漫意味的身世，彷彿她本身即是一篇絕妙的文學作品，因而引起吾人研究她詩作成就的動機。她的詩作大抵是她生平的寫照，儘管作品存數不多，卻也能充分傳達唐代樂伎的生活情況，思想感情和所處的社會地位。她的詩質樸自然，不假掩飾，而且清麗雋永，值得研究。且回到她的時空坐標，給予恰當的評價。

第二節　研究範圍與限制

　　本文大抵以中唐為限。有唐一代，其詩乃集先秦八代之大成，開創古典詩史上最蓬勃的氣象。最早對唐詩發展情況加以綜合敘述的，首推唐末司空圖〈與王駕評詩〉中的一段話：

> 國初，上好文章，雅風特盛。沈宋始興之後，傑出於江寧，宏肆於李杜，極矣！右丞、蘇州趣味澄夐，若清沇之貫達。大歷十數公，抑又其次。元白力勍而氣孱，乃都市豪估耳。劉公夢得、楊公巨源亦各有勝會。浪仙而下劉德仁輩，時得佳致，亦足滌煩。厥後所聞，徒褊淺耳。（見《司空表聖文集》卷一）

其言簡意賅，把中唐以前的代表詩人做了簡要之評述，粗淺地條貫唐詩發展的脈絡，但未做確切之分期。

　　唐詩分期始於南宋嚴羽《滄浪詩話》，在〈詩體〉一章，從文學流變的角度區分為唐初、盛唐、大歷、元和、晚唐五體，為後來的「四唐」說奠定了基礎。其後，元代楊士弘在其《唐音》中正式列出「初、盛、中、晚」的名目，然未加解說。直至明初高棅在其《唐詩品彙》總序中，具體論述唐詩各個時期的流變情況〔註1〕，才使「四唐——

────────────

〔註1〕 高棅：《唐詩品彙》總序言：「有唐三百年詩，眾體備矣。故有往體，

初、盛、中、晚」之說成爲完整的系統，從此唐詩之分期進入圓熟的
境界。自從高棅立說以後，文學史家仍大體遵循此原則。然而，「四
唐」之說並非絕對正確，針對本文所牽涉的文史大環境——中唐，高
棅之說便存在著元和詩壇歸屬問題的矛盾。關於此問題，明胡應麟於
《詩藪》外編卷四中談到他的看法：

> 元和而後，詩道浸晚，而人才故自橫絕一時，若昌黎之宏
> 偉、柳州之精工，夢得之雄奇、樂天之浩博，皆大家材具
> 也。……泛取讀之，亦足充擴襟靈，贊助筆力。

又說：

> 東野之古、浪仙之律、長吉樂府、玉川歌行，其才具工力，
> 故皆過人，如危峰絕壑、深澗流泉，幷自成趣，不相沿襲。
> 必薛逢、胡曾，方堪覆瓿。

胡應麟對元和詩歌成就予以肯定，故批評高棅《唐詩正聲》「於中唐
不取韓、柳、元、白」（《詩藪》外編卷四）之不當。顯然，《詩藪》
以爲元和詩體歸入晚唐衰音並不合適，而明確列於中唐。而本文所指
之中唐實與《詩藪》之認定有實質上的認同（唐代宗大歷元年至唐文

近體，長短篇，五七言律絕句等製，莫不興於始，成於中，流於變，
而移之於終。至於聲律，興象，文詞，理致，各有品格不同。略而
言之：則有初唐、盛唐、中唐、晚唐之殊。詳而分之：貞觀、永徽
之時，虞魏諸公，稍離舊習；王、楊、盧、駱，因加美麗。劉希夷
有閨帷之作；上官儀有婉媚之體，此初唐之始製也。神龍以還，洎
開元初，陳子昂古風雅正；李巨山文章老宿；沈宋之新聲；蘇張之
大手筆，此初唐之興盛也。開元天寶間，則有李翰林之飄逸；杜工
部之沉鬱；孟襄陽之清雅；王右丞之精緻；儲光義之眞率；王昌齡
之聳俊；高適、岑參之悲壯；李頎、常建之超凡，此盛唐之盛者也。
大歷、貞元中，則有韋蘇州之雅澹；劉隨州之閒曠；錢起之清瞻；
皇甫之沖秀；秦公緒之山林；李從一之台閣，此中唐之再盛也。下
暨元和之際，則有柳愚溪之超然復古；韓昌黎之博大其詞；張、王
樂府得其故實；元、白敘事，務在分明；與夫李賀、盧仝之鬼怪；
孟郊、賈島之飢寒，此晚唐之變也。降而開盛以後，則有杜牧之豪
從；溫飛卿之綺靡；李義山之隱僻；許用晦之偶對；他若劉滄、馬
戴、李群玉、李頻韋，尚能黽勉氣格，埒邁時流，此晚唐變態之極，
而遺風餘韻猶有存者焉。」

宗大和九年）。

　　研究劃定範圍是爲使全文精簡而不至於繁蕪龐雜，一方面也是便於研究和敘述。近三百年的唐詩，不論從時間抑或空間而言，均是一個完整而有脈絡的個體。胡雲翼在《唐詩研究》中提及：

> ……一代文學發展的脈絡，往往成一根起伏線，這根起伏線必然包涵著盛衰變遷的趨勢，我們把這些盛衰變遷的脈絡分做幾段，以便於研究和敘述，並不是毫無理由。……唐詩的發展，固成整個脈絡；但唐詩的變遷，把唐詩弄成了一根起、盛、變、衰的波浪線。我們根據這種波浪線，而分唐詩爲四個時期，是無妨的。且爲明瞭唐詩發展的階級起見，爲敘述的便利起見，唐詩的分期亦是必要的。……

據此精神，本文沿用高棅唐詩的分期，並從胡應麟的意見，將元和詩體歸屬至中唐。至於分期名目的使用，乃方便爲文之敘述，並不含任何褒貶之意。

　　其次，關於人物研究的範圍，是以薛濤爲主，同時代酬唱交往對象爲輔，或偶有旁及身份相似的才女及同題材、同思想的藝術特色比較，餘則不贅述，以避免喧賓奪主。此外，唐詩興盛之因緣，歷來專家學者多有精湛研究，或基於文體本身之演進，或委之於以詩賦試進士和君主好尚的政治背景、或因社會經濟基礎的擴張、或緣於胡漢民族文化之融合和唐詩與音樂的合流、或因學術思潮之壯闊與各項藝術之衝激的影響……如此精闢論述，本文不再叨絮掠美，僅擇要爲敘述之需，散入各篇章中。

　　最後，本文撰寫受限於資料的不足。其一爲薛濤墓誌（唐段文昌撰）未出土；其二是典籍傳抄的訛誤及附會；其三是近代學者有限的研究。上述三項因素再加上未能親臨四川造訪薛濤遺址名勝，並囿於個人才學的疏淺，以及成篇時間之倉卒，故薛濤之生卒及作品眞僞僅能校釋闡述而不及考釋（張蓬舟先生及彭芸蓀先生、陳文華先生均集畢生之力鑽研，成就斐然），更不虛妄添加溢美之辭，僅求本文掛漏

訛愆之處能夠減少。今歲於燈軒稍暇之際，斷續將研讀心得編撰成文，希冀對薛濤獨樹一幟的才情與詩藝，做一番深入淺出的探討。

第三節　資料運用及研究方法

一、資料運用

　　本文撰寫之資料，約略可分爲核心資料與外緣資料兩項。茲先就核心資料略述於后。

（一）薛濤詩集出版始末及版本源流

　　《薛濤詩》版本之流衍，可依全集本及選集本兩系統來說明。唐人全集見載籍可採據有新、舊《唐書藝文志》、《宋史藝文志》、鄭樵《通志藝文略》、《尤氏遂初堂書目》、馬端臨《文獻經籍考》、晁公武《郡齋讀書志》、陳振孫《直齋書錄解題》等，以上數書蒐唐人集目盡詳矣。今察諸書，惟晁公武《郡齋讀書志》著錄薛濤《錦江集》五卷，及陳振孫《直齋書錄解題》云：「《薛濤詩》一卷」。此外，南宋章淵《槁簡贅筆》則道：「有詩五百首。」據此，由宋代晁公武所撰之《郡齋讀書志》，所志各書均限南渡以前，且撰著之態度是以親見方著錄之精神爲之，故可信度極高。而其後之章淵謂濤詩有五百首，亦屬可信。惟後數十年南宋陳振孫僅著錄濤詩一卷。不詳內容，其書後亦失傳。到了元代辛文房之《唐才子傳》則載：「有《錦江集》五卷，今傳。」至明徐𤊻《紅雨樓題跋》記《薛濤詩》一種云：「洪度詩五百首，此亦斷珪殘璧，非完璞也。」

　　由上述可知，薛濤詩的正式集子謂《錦江集》共五卷，惜在元時已失傳。現存最早專集爲明萬曆三十七年（1609）所刊刻之《薛濤詩》一卷，存詩八十五首（原書現藏北京圖書館善本室）。清代乾隆四十七年《四庫全書總目提要》著錄《薛濤李冶詩集》二卷，非其原本，大抵皆後人掇拾而成，單行本罕見，藏書家皆不著錄。清《全唐

詩》卷八○三，著錄有《洪度集》一卷，是書在光緒三十二年，貴陽陳矩之《靈峰草堂刊本》再度刊刻，錄詩八十九首。近代第一個爲薛濤詩集做箋注的是一九八三年張蓬舟的《薛濤詩箋》，錄詩九十一首，對濤詩之輯佚、校註、新註，甚爲詳實。其後於一九八四亦有陳文華的《唐女詩人集三種》。此外，1980 年彭芸蓀之《望江樓志》亦考詳豐贍，三者均含可貴之相關典籍，可供參酌。

　　談到濤詩之選集，見於現存選本者，以晚唐韋莊《又玄集》爲最早，選詩二首，其後五代韋縠《才調集》亦選詩三首。爾後，其詩散見宋《吟窗雜錄》、宋《萬首唐人絕句》、元《青樓韻語》、明《名媛詩歸》、明《古今女史》、明《唐音統籤》、清《歷朝名媛詩詞》等，以上選本所錄之詩均見於今流傳之專集。而薛濤詩現存約九十首，據清周亮工記錢謙益之言，錢氏於清順治時初見宋人所刻唐詩，載薛濤律詩甚多，其記載於《困樹屋書影》：

> 昔人云，唐人詩有八百家，宋洪景盧集萬首唐絕，僅見五百家，若今日流傳於世者，不過二百家耳。……虞山所得，不過天文等一二類，中多未見詩。如薛濤，世但傳其絕句耳，此中載濤律詩甚多。……

按周亮工所言蓋平生親聞親見，記載詳實。因此，從晁公武《郡齋讀書志》親見所載《錦江集》五卷之多，直至今日所存濤詩，可知流佚不少，不過昔日五分之一耳。

（二）外緣資料

　　一爲同時或稍後典籍所載，如筆記小說之類，唐范攄《雲谿友議》、五代王定保《唐摭言》、宋王讜《唐語林》、宋胡仔《苕溪漁隱叢話》；二爲詩話集及叢書，有專論唐的斷代詩話──宋尤袤《全唐詩話》、宋紀有功《唐詩紀事》、孫濤《全唐詩話續編》、沈炳巽《續唐詩話》；相關之詩話集──北宋阮閱《詩話總龜》、明胡震亨《唐音癸籤》、清吳景旭《歷代詩話》。清何文煥之《歷代詩話》；三爲近人研究之相關論文、期刊、著作等。

二、研究方法

本論文之研究方法，有如下數點：

（一）檢索與蒐集：舉凡與薛濤相關詩集、選集、方志、彙評、詩話、叢書、前人著述、近代論文、期刊……等，均在蒐集之列。

（二）流覽與精讀：以核心資料爲底本，外緣資料爲輔本，互爲校釋比對，流覽並予以彙集整理，精讀而後分類編目，並汰蕪存菁。

（三）比較與歸納：以文學史爲經，以唐代詩壇爲緯，比較出藝術特色的優劣，並歸納出薛濤的成就和地位，及其影響。

（四）分析與鑑賞：細品原典、消化前人集評與先進之箋注，分析詳察薛濤之生命情調與作品思想，從而鑑賞其風格特色與技巧表現。

（五）消融與撰著：資料完備後，並參酌各項文藝理論，運用科學的方法，逐一依據各篇章之主題進行撰寫。

第二章　薛濤的時空背景與生平事蹟

謝無量在《中國婦女文學史》緒言中說：

夫男女先天之地位，既無有不同；心智之本體，亦無有不
同，則凡百事之才能，女子何遽不若男子？即以文學而論，
女子固亦可與男子爭勝，然自來文章之盛，女子終不逮於
男子者，莫不由境遇之差，有以致之。考諸吾國之歷史，
惟周代略有女學，則女子文學，較優於餘代。此後，女學
衰廢，惟薦紳有力者，或偶教其子女，使有文學之才。要
之超奇不羣者，蓋亦僅矣。……

誠如謝無量所言，婦女即使在父權社會限制下，女性若能得到適當的
教育，其成就仍可觀。因此，翻閱史碑傳奇與筆記小說，女性的文事
武功、節行才藝昭然卓現者，代有其人，她們提供了中國文學上豐富
的精神文明，寫下了更清奇婉麗的心靈謳歌。職是之故，薛濤在歷史
長河中的駐足，更爲婦女詩歌文學寫下璀燦的一頁。茲就其所處時地
背景與生平事蹟進行瞭解。

第一節　中唐的國勢與社會

薛濤（？～唐文宗大和六年）一生約處於中唐時期。此時由於
紛亂的政治、藩鎮的割據及流賊的侵擾等，賦予詩人創新的原動力。
蓋昇平安定的時代，文學易流爲粉飾太平的工具。但自開元天寶安

史之亂以後〔註1〕兵燹倥傯，國勢積弱，社會動盪，民生凋蔽。這期間儘管肅宗、憲宗亦號中興，但是已無法恢復貞觀開元之治的盛況。從此，朝政不綱，禍亂頻仍；在朝廷中，續有朋黨之爭；在宮禁裏，宦官專擅；國內有藩鎮割據；國外則強寇壓境，影響所及，便是經濟的凋殘衰蔽和政治的動盪不寧。這當中亦不乏中央力挽狂瀾的措施，如從安史叛亂後的調兵遣將，到大歷、貞元中的改革漕運、稅法，以至於永貞、元和年間的政治革新與軍事削藩等，而詩人的創作也多能圍繞著此軸心而開展。這樣的時空背景，對詩的創作起了幾項影響：其一——生活無法安居樂業，故詩作多行旅、餞別、贈答、登覽、傷感之作；其二——社會的病態、腐敗衰微，引起詩人敏銳的心靈與滿腔的熱情，而發展成危機意識下的不朽之作。薛濤所處的環境——

在軍事方面：中唐時期戰火不斷。而戰爭的主要對象為藩鎮〔註2〕與外患。略舉其大事列表如下：

皇　　帝	藩鎮之禍	邊　　患	備　　註
唐肅宗 （756～762）	1.安慶緒之亂 2.史思明之亂 3.史朝義之亂		安慶緒殺死安祿山、張巡、許遠戰死。郭子儀復東京，史思明等降。 史思明殺安慶緒。 史朝義殺史思明

〔註1〕 安史之亂爆發於天寶十四年，直接起因在於內政的腐敗和邊將的擅權。前者有李林甫、楊國忠等集團對寒愴階層的打擊排擠，使唐原先的開明政治出現了逆轉。後者邊將擅權則起源於唐玄宗的「開邊」政策，而同時唐代社會土地兼併下所實施的均田制和府兵制亦日益崩壞，遂使遊民迅速的增加與大量召募戍邊的形勢互為影響。如此環扣的問題，不斷累積，終釀成以安祿山與史思明為首的社會禍亂。

〔註2〕 唐代節度使之名，起自睿宗，安史之亂以後，唐室對功起兵陣行列，封為侯王的武夫戰卒，以及安史降將，大多除為節度使。玄宗時，始於邊鎮置十節度使，以禦外蕃，藩鎮割據形勢遂已注定，形成唐代尾大不掉的國勢命運。從《新唐書》卷二一三及《舊唐書》卷十三、十四之記載，有唐一代的藩鎮擅權，前後竟達一百四十年之久。

唐代宗 （763〜775）		1.吐蕃之寇	吐蕃入寇，郭子儀擊卻之。
		2.吐蕃回紇之寇	回紇吐蕃入寇，回紇受盟而返。〔註3〕
唐德宗 （780〜804）	1.李希烈、朱滔、王武俊等之叛 2.朱泚反入長安		節度使李希烈、朱滔、朱泚、田悅、李納、王武俊先後稱王作亂反叛，德宗出奔奉天，下詔罪己，至此中央對藩鎮採姑息政策。〔註4〕
		1.李晟破吐蕃 2.韋皋破吐蕃	
唐憲宗 （806〜820）	1.劉闢、李錡之亂。		節度使劉闢及李錡先後反，尋被平之伏誅。
	2.王承宗、吳元濟之亂		形勢上全國藩鎮雖聽命中央，事實上卻各擁兵自重。王承宗、淮西吳元濟先後叛立，隨後爲之次第削平。

　　由簡表得知，玄宗之後戰事幾無日無了。宋司馬光《通鑑紀事本末》卷三十三言及：

　　　唐肅宗時，平盧節度使王玄志薨，上遣中使往撫慰將士，且就察軍中所欲立者，授以旌節。高麗人李懷玉爲裨將，殺玄志之子，推侯希逸爲平盧軍使，朝廷因以希逸爲節度副使，節度由軍士廢立，自此而始。因是姑息養奸爵祿廢置，生殺予奪，不出於上，藩鎮之禍遂成。

又宋李昉《太平廣記》卷二百六十九酷暴三載道：

　　　建中中□李希烈汴州，城未陷，驅百姓婦女及輜重，以實壕塹，謂之濕梢。

國內藩鎮之跋扈殘酷若此，又益以新羅、吐蕃、回紇、南詔……等邊

〔註3〕唐代之邊患，原只有北方的回紇。安史亂起，肅宗遂向其乞兵聲援，造成回紇四次遣兵相助，雖收復兩京，卻無異引狼入室。之後，由於納賄種種之不平等交易，釀成唐室經濟上的嚴重負擔。因此，肅宗以寧國公主、德宗以咸安公主嫁給回紇可汗，目的便在以和親籠絡。

〔註4〕吐蕃於安史之亂起時，乘機入侵河西、隴右兩節度使所轄數州，曾二次近逼京師長安。唐代因藩鎮未平，再三與吐蕃言和，然吐蕃卻破壞和約依然入寇，德宗時便以聯合回紇抵禦吐蕃之策，牽制吐蕃並使回紇坐收漁利。

疆外寇之患,其國勢擾嚷紛亂自然可知。如此殺伐不安的社會,予詩
人絕大的衝擊及絕佳之描寫資料。

在政治方面:薛濤詩集中所酬唱之對象,不乏唐代之名仕紳流。
而有唐一代朋黨之爭是豪門與士族之爭,接續著南北朝的門第勢力,
至唐初仍未衰竭,官拜要職從門第仕進遠較科第便捷容易。因此在貞
觀盛世之風潮下,生活享樂〔註5〕、權勢顯赫已成累世仕宦家族的表
徵。當朝文人,往往因時勢之趨而攀附權貴。據司馬光《通鑑紀事本
末》卷三十五記載:

> 唐穆宗時,翰林學士李德裕,以中書舍人李宗閔譏切其父
> 李吉甫,恨之;宗閔又與翰林學士元稹爭進取有隙。右補
> 闕楊汝士,與禮部侍郎錢徽,掌貢舉,德裕與元稹攻其取
> 士不公,穆宗因貶徽江州刺史,宗閔及楊汝士等,亦皆坐
> 貶;自是德裕宗閔,各分朋黨。

此後,中、晚唐時人如李逢吉、牛僧儒、令狐楚、令狐綯等亦捲入黨
同伐異、互相攻訐的漩渦,連詩人元稹及李商隱也受影響。《通鑑紀
事本末》卷三五便提及唐文宗自謂:「除河北賊易,去朝廷朋黨難」
的慨嘆。其後,王夫之《讀通鑑論》卷二及卷二六,亦分別說:「唐
以功立國,而道德之旨,自天子以至於學士大夫,置不講焉。」「環
唐之廷,大小臣工,賢不肖者,皆知有門戶,而忘其上之有天子。」
由此可概見其弊害。

在成長背景:唐代從安史之亂以後,中原近畿飽受戰亂洗劫,餓
殍塞途。而四川則相對地穩定,以其「伏以國家富有巴蜀,是天府之

〔註5〕 唐自天寶以來,朝廷宴安,貴族奢淫。中唐時之王公大臣,除少數
廉潔外,餘多貪奢。賢如郭子儀、李德裕……等亦不免侈泰。難怪
王夫之《讀通鑑論》卷十四言及有唐當時的社會風氣:「上崇侈而天
下相習以奢,郡邑之長,所入凡幾,而食窮水陸,衣盡錦綺,馬飾
銀河,妾被珠翠,食客盈門,外姻贋倚。」此時之奢侈,又見於宋
李昉《太平廣記》卷二百三十七:「武宗朝,宰相李德裕奢侈。每食
一杯羹,其費約三萬。爲雜以珠玉寶貝,雄黃朱砂,煎汁爲之。過
三煎則棄其粗。」

藏，自隴右及河西諸州，軍國所資，郵驛所給，商旅莫不皆取於蜀，又京都府庫，歲月珍貢，尚在其外」（《全唐文》卷二一一陳子昂之〈上蜀川軍事〉），故唐玄宗和唐僖宗才有兩次因避亂而出亡成都。由於富民避難南遷，財富亦隨之南移，促成四川農、工、商業的發展繁榮。唐肅宗乾元二年（759），杜甫避難至此，於詩作〈成都府〉便發出了「喧然名都會，吹簫間笙簧」的驚嘆。此後，嚴武、高適、岑參、元稹、劉禹錫、白居易等都曾先後到過四川，薛濤便是成長於此「天下詩人皆入蜀」的時代環境。而「江山之秀，羅錦之麗，管弦歌舞之多，伎巧百二之富」（《全唐文》卷七四四〈成都記序〉）的生活背景，對薛濤詩藝的影響，確有其社會歷史的意義。

　　四川文風自古因經濟文化發展甚早而盛。自西漢以來，文人才士冠冕一時者代有其人。惟婦女以著作傳世者甚少。由於社會制度及風氣的影響，女性即使有積學奇才、亦多被埋沒；縱有篇章留傳，為世所知，卻因年遠世湮而難以辨析；或被褐懷珠，而聲塵寂寞；甚而碔砆亂玉，以訛傳訛。四川一地，向來是中國南方文教的重鎮，從西漢文翁至川興辦學校、提倡文化教育以來，人民好學風尚便可與齊魯之地媲美。因此，蜀中女詩人自漢唐以迄於清，閨彥之作，瞭然於文學史上的，便有卓文君、薛濤、黃崇嘏、花蕊夫人、楊夫人——黃峨、姚淑、高浣花及蘭陵三秀——趙雲卿、書卿、韻卿三姊妹、左錫嘉等人〔註6〕，無怪乎元稹〈贈薛濤〉詩中有「錦江滑膩峨嵋秀，幻出文

〔註6〕 卓文君，西漢人，賦有〈白頭吟〉。《西京雜記》謂：「文君作〈白頭吟〉以自絕。」黃崇嘏，五代前蜀詩人，其詩及事跡，可見於《全唐書》及《十國春秋》。花蕊夫人，後蜀詩人，所作〈宮詞〉，享譽當時，此作全為七言絕句。楊夫人－黃峨，為明楊慎之繼室。明史《藝文志》錄有楊夫人詞曲五卷。姚淑，明末清初人，有《海棠居初稿》等詩作。高浣花，清詩人，能詩善畫，著《讀史評札》、《周易述解》。其詩集名《倦綉吟》、《鵑血餘草》。趙氏三姊妹，乃蜀中「蘭陵三秀」，清道光時人，《聽雨樓隨筆》記其詩尚多。左錫嘉、清同光時人，詩詞著作頗富，且皆親見其作付梓。左氏有《浣香小草》二卷，《吟雲集》二卷，及《冷吟仙館詩稿》四卷。

君與薛濤」句，正是薛濤得蜀中山水之秀而成長的最佳詮釋。

　　唐代的四川，經濟文化之發展，基本上並未遭受戰亂嚴重破壞，社會便相對地安定。從《漢書》和《新唐書》關於戶口的記載觀之，當時四川成都府人口戶已增至拾陸萬零玖佰伍拾戶，人口約超過八十萬，遠比漢代增加一倍。這無異說明唐代四川經濟社會的繁榮。故宋洪邁於《容齋隨筆》卷九言：「唐代諺稱『揚一益二』，謂天下之盛，揚爲一而蜀次之也。」而清紀昀在《四庫全書總目》卷七十之《歲華紀麗譜》提要說道：

> 成都自唐代號爲繁庶，甲於西南。其時爲之帥者，大抵以宰臣以鎮，富貴悠閒，歲時燕集，寖相沿習。……其侈麗繁華，雖不可訓，而民物殷阜，歌詠風流，亦往往傳爲佳話，爲世所豔稱。

上述說明了唐代四川的物阜民豐，文化昌盛。薛濤得此天時地利之孕育，而成就爲赫赫有名的女詩人。

第二節　唐代婦女的社會地位與文學生活

一、唐代婦女的社會地位

　　繼承南北朝動亂後的大唐帝國，不論是政治態度、風俗習慣與社會生活，都別有承傳和包容。因此，表現在唐代婦女的社會地位上，便如朱熹在《朱子語類》卷一一六，歷代類三所言：「唐源流出於夷狄（註7），故閨門失禮之事，不以爲異。」較之於唐代以前，婦女的地位顯然開放自由許多，相對地享受更悠游的生活空間。大詩人杜甫

〔註7〕　自北魏孝文帝拓跋宏遷都洛陽後，北方胡族各朝漸成爲政治文化之重心，雖然南方漢族政權仍以政統自居，然實質上卻已失去主體地位。由鮮卑族組成的北魏政權，其後分爲東、西魏；東魏演化爲北齊，而西魏則遞嬗爲北周宇文泰之政權，再衍爲隋代楊堅之政權，以至於唐代李淵政權。再者李淵之母獨孤氏，妻女竇氏，以及兒媳婦（李世民之妻）長孫氏，都是出自鮮卑貴族。因此，唐代源流係出北系鮮卑族，而非繼承漢族系統。

的〈麗人行〉言及「三月三日天氣新，長安水邊多麗人」無異做了最恰當的詮釋。當時男女的游宴社交、騎射同遊、應酬娛樂、禮俗無禁，印證《全唐詩》中不少描寫騎馬、野宴、鬥雞、品茗、下棋、酒令、打毬……等消遣快意的題材，以及男女遊玩贈寄情愫的詩篇〔註8〕，正說明了唐代男女社交不受羈絆的自由。此外，散見曲詞歌詠、筆記小說、唐人傳奇中之內容，如元稹之〈會眞記〉、蔣防之〈霍小玉傳〉、白行簡之〈女娃傳〉、裴鉶之〈崑崙奴〉……等，也爲唐代婦女社交的自由、娛樂的開放做了說明。職是之故，宋人洪邁於《容齋隨筆》卷六中，不得不慨嘆：「瓜田李下之疑，唐人不譏也。」處此自由的社交氛圍，唐西川十一節度使與眾多名士，願與伎女身分之薛濤交際酬唱，便不足爲奇了。

　　婦女在唐代，雖擁有騁意馳樂的開放空間，但在禮法的地位，仍未能有所突破。白居易〈婦人苦〉有云：「婦人一喪夫，枯身猶抱節。男兒若喪婦，還有一枝生。」可知倫理根柢仍以傳統道德爲本。即便在《唐律》中，其依禮立法的精神，以及懲罪罰惡的內容〔註9〕，更

〔註8〕　由唐女詩人之寫作題材，可探知當時生活之一般。如「拜新月」此民俗，可見於鮑溶詩：「幾月精誠拜初月，每秋河漢對空機。」古名蹴鞠的打毬之事，可見魚玄機〈打毬作〉曰：「堅圓淨滑一星流，月杖爭敲未擬休，無滯礙時從撥弄，有遮欄處任鉤留。不辭宛轉長隨手，卻恐相將不到頭。畢竟入門應始了，願君爭取最前籌。」至於鬥雞之風，中唐頗盛，穆宗時，有臧平者，擁善雞，威遠將軍強買以進，比鬥屢勝，穆宗大悅，因賜威遠監軍帛百疋。因此，當時俗諺道曰：「生兒不用識文字，鬥雞走馬勝讀書」（《唐代政教史》）此外，白居易以官吏身分，深夜邀約已從良之獨身歌女入船中，飲酒傾聽琵琶女之身世，寫下扣人心弦之〈琵琶行〉；又傳說中李商隱眷戀道姑、宮女的〈無題〉（從蘅塘退士《唐詩三百首》）之解：「重帷深下莫愁堂，臥後清宵細細長，神女生涯原是夢，小姑居處本無郎。風波不信菱枝弱，月露淮教桂葉香，直敘相思了無益，未妨惆悵是清狂。」皆證明唐代男女社交的自由，娛樂的一任自適，進而所產生的感情，亦屬自然不過之事。

〔註9〕　《唐律》中之法令規條，如「依禮，夫者婦之天」（名例律六條疏議）、「夫毆妻，無罪。」和「妻毆夫，徒一年」（鬥訟律廿四、廿五條）、以及「妻爲夫服斬衰二年，而夫爲妻服期。妾爲夫之服制，與妻同，

說明男尊女卑的社會道德標準。餘如官家豪富之姬妾家伎，更可相互交換或贈送，可司空李紳以泰娘贈劉禹錫，兵部尚書李愿以雀紫雲贈杜牧，便顯示唐代婦女地位低落的另一層面。

本文的主角薛濤，為唐代倡伎詩人。有鑑於此，瞭解唐代倡伎的社會地位及生活，對女詩人的創作背景及作品精神，才能深入探討。唐代自高祖登基以來，在政治、文化、宗教、經濟……各方面，承襲北方鮮卑餘系的民族性格，融和中原文化的傳統，遂表現出一種開闊寬容的氣象與模式，奠定有唐代一代版圖空前、文物彙萃……等盛況。因之而起的唐代社會，便充滿了經濟繁榮下的舞榭歌臺、士林宴集、風流蘊藉等風氣。而聲伎的繁華昌盛，更是政治開明、經濟發達、城市昌榮的必然結果與重要內容。此外，唐代科舉倡行、《國史補》、《唐摭言》以及《開元天寶遺事》、《北里志》等史籍都曾載有進京的舉子和士人與伎女交游的具體素材〔註10〕，生動地反映當時的社會風尚。進入中唐以後，唐代社會經濟仍處於繁榮昌盛之餘緒，安史之亂雖打破了士族之心理平衡，而朝廷士大夫仍習於奢華佚樂風尚，故《國史補》載道：

> 長安風俗，自貞元（德宗）侈于游宴，其后或侈于書法圖畫，或侈于博奕，或侈于上祝，或侈于服食。

又《唐語林》卷三亦說道：

> 武宗數幸教坊，作樂優娼、雜進酒酣，作技諧謔，如民間宴席。

而《北里志》又云：

而夫於妾無服。妾稱妻為女君，為妻服期。」（職制律三十條）。以上不論從家庭禮法而言，或從喪服親等之對待關係來看，其重男輕女的內涵如出一轍。

〔註10〕《北里志》孫棨序云：「諸妓皆居平康里，舉子新及第，進士三司幕府，但未通朝籍，未直館殿者，咸可就詣。如不惜所費，所下車水陸備矣。」又《開元天寶遺事》卷二亦載：「長安有平康坊，妓女所居之地，京都俠少萃集於此，兼每年新進士以紅箋名紙游謁其中，時人謂此坊為風流藪澤。」

> 自大中皇帝（宣宗）好儒術，特重科舉，故進士自此尤盛，
> 曠古無儔。仆馬豪華，宴游崇侈。

如此在「上有所好，下乃成俗」的時代氛圍下，便產生了中晚唐以來
如白居易、元稹、劉禹錫、杜牧、溫庭筠、韋莊等一批與伎女交往甚
深之詩人〔註11〕。於是，才思奔放的名士與才藝燕婉的名伎，拋棄世
俗的桎梏與禮教的匾圃，表現出極自由、活潑、流動、又感性的眞情
世界。因此，章學誠在《文史通義・婦學篇》中說：

> 自唐宋以訖前明，國制不廢女樂。公卿入直，則有翠袖薰
> 鑪，官司供張，每見紅裙侑酒，梧桐金井，驛亭有秋感之
> 緣。蘭麝天香，曲江有春明之誓。見於紀載，蓋亦詳矣。

於是，紅粉麗情、青樓唱和、板鐍詩稿、不累高行，正爲當時社會風
氣之向背，做了一個註解。

　　唐代伎女按其歸屬分，有宮伎、營伎、家伎之別〔註12〕；就其
特長言之，又有樂伎、歌伎、舞伎、飲伎、詩伎之名，而往往一專
多能；此外尙有官使婦人（《舊唐書・宇文融傳》）、風聲婦人（《唐
語林》）、前頭人（《教坊記》）等別稱。然綜合言之，不外宮伎、官
伎、家伎三類。唐自武德（高宗）以來，於禁中置內教坊，掌管倡
優、教習音樂，隸屬太常寺。玄宗精通音律，以爲太常乃禮樂之司，
不應掌管倡優雜伎，於是另置左名教坊以教俗樂〔註13〕。遂選樂工

〔註11〕 白居易〈九日，代羅、樊二妓招舒著作〉詩：「羅敷劍雙袂，樊姬獻
　　　　一杯。」又〈小庭亦有月〉：「菱角執笙簧，谷兒抹琵琶。紅絹信手
　　　　舞，紫綃隨意歌。」白居易〈醉歌〉詩題下自注：「示妓人商玲瓏。」
　　　　又元稹贈白氏詩：「休遣玲瓏唱我詩，我詩多是別君詞。」此外，元
　　　　稹〈和樂天示楊瓊〉詩中注云：「楊瓊本名播，少爲江陵酒妓。」又
　　　　劉禹錫〈寄贈小樊〉詩云：「花面丫頭十三四，春來綽約向人時。終
　　　　須買取名春草，處處將行步步隨。」皆爲詩人與妓女交游之作。
〔註12〕 唐時，皇室宮廷中有宮伎，軍隊中有營伎，地方政府部門有官伎，
　　　　官僚富戶有家伎，即使一般文士之家，亦養有一定數量之樂伎。如
　　　　李白養有歌伎金陵子，白居易擁用名伎樊素、小蠻等多人，韓愈家
　　　　有絳桃、柳枝，皆善歌舞。
〔註13〕 《文獻通考》：「唐元（玄）宗以太常禮樂之司，不應典倡優雜伎。
　　　　乃更置左右教坊，以教俗樂。」

教百人，自教法曲於梨園，謂之皇帝梨園弟子〔註14〕。又教宮女學習音樂，同時又選宮女數百人（亦為梨園弟子），置居宜春院，給賜其家，此乃宮伎。至於州郡藩鎮衙門則蓄有官伎，在刺史與節度使等地方首長公私宴會中，擔任歌舞侑酒侍奉之職〔註15〕。私伎是朝廷允許設立〔註16〕，家伎是公卿百官、文人、富戶所豢養之伎女。這當中伎女頗不乏多才多藝，能詩能文之女。章學誠《文史通義・婦學》篇中道：

> 前朝虐政，凡縉紳籍沒，波及妻孥，以致詩禮大家，多淪
> 北里。其有妙兼色藝，慧擅聲詩，都人大夫，從而酬唱。

薛濤便是出於縉紳籍沒，詩禮大家之後，為唐代官伎中才藝雙全的佼佼者。

綜而言之，在唐代社會、政治、經濟、宗教、風俗、音樂、藝術等都成為繁殖詩歌的溫床下，詩歌自然成為唐代子民的共同語言。加

〔註14〕 早在隋煬帝時，宮廷中即有一種「法曲」的音樂流行，其音清而近雅，樂器有鐃鈸、鐘、磬、簫、琵琶等，演奏時金石絲竹依次進行。隋煬帝厭其聲淡，曲終復加「解音」，是則「終止形式」上加以改變。迨善解音律之唐玄宗卻又酷愛法曲，選宮伎坐部子弟三百人，教於梨園，謂之「道調法曲」，有名之〈霓裳羽衣曲〉，即於此時有革命性的演出。

〔註15〕 唐代宮伎之籍貫，先隸太常，後屬教坊，具體管轄部門則為「樂營」。京師宮伎多集中「北里三曲」—京師之南曲、中曲為高等宮伎所居，循墻一曲為低等宮伎所居，此所謂人以群分。至於地方上之宮伎，則由地方長官掌管，主要職責乃陪伴地方長官遊樂飲宴，並以歌舞娛人，美色侍寵。唐范攄《雲溪友議》卷下中說：「池州杜少府愷，亳州韋中丞任符，二君皆以長年精求釋道，樂營子女，厚給衣糧，任其外住，若有飲宴，方一召來柳際花閒，任為娛樂。譙中舉子張魯封為詩譴其賓佐，兼寄大梁李尚書。詩云：『杜叟學仙輕蕙質，韋公事佛畏青蛾。樂營都卻閑人地，兩地風情日漸多。』」依此觀之，唐代各地皆有樂營，為官伎、營伎居住之處，並供應她們衣食，唯按規定必須居住於樂營。唐代各級官吏，因職務之便，多與官伎、營伎有所往來，遂在佳人歌舞、美酒詩興之助瀾下，留下了不少風情秘聞。

〔註16〕 按唐時長安私伎多集中於平康坊，故《北里志》云：「平康里入北門東回三曲，即諸伎所居之聚也。」

諸唐代婦女不拘禮法而任性自適的社交，以及自由參與而無限制的宴游，佐之伎女不受禮教風俗羈絆的浪漫性格，確實提供詩伎——薛濤一展詩情闊達、殷勤燕婉的生活空間與創作題材。職是之故，曹雪芹於《紅樓夢》的第二回，約略點出伎家身份所展現於社會的風雅韻事及性格：

> 天地生人，除大仁大惡兩種，餘者皆無大異。……大仁者，修治天下；大惡者，擾亂天下。清明靈秀，天地之正氣，仁者之所秉也；殘忍乖僻，天地之邪氣，惡者之所秉也。……所餘之秀氣，漫無所歸，……使男女秉此氣而生者，在上則不能成仁人君子，下亦不能為大凶大惡。……縱再偶生於薄祚寒門，斷不能為走卒健僕，甘遭庸人驅制駕馭，必為奇優名倡……卓文君、紅拂、薛濤、崔鶯、朝雲之流，此皆易地則同之人也。

上所云宇宙間「靈秀餘氣」所鍾，不甘為「走卒健僕」，遭人驅策，終且為「奇優名倡」，一段幾近玄學的理論，緩緩道出伎家的生命性格。在唐代社會中，因為名士紳流與通曉詩書的婦女（伎女），有著相互交集的生活背景。因此，對婦女（伎女）社交圈的擴大及身份地位的提昇，無疑是令人可喜且豔羨的。基於此，有唐一代的詩壇便充滿了許多膾炙人口的才子佳人故事，而薛濤亦在中唐詩壇的歷史相框中停格，的確是引人注目的。

二、唐代婦女的文學薰陶

自唐高祖武德五年（622），將「詩賦」納入科舉考試範圍內，造成欲進入仕途必須用心鑽研作詩風尚〔註17〕，迨天寶時以詩賦取士成為固定的模式後，詩歌儼然成為文人拓展才學、抱負，和朋友交流的

〔註17〕 趙彥衛《雲麓漫鈔》卷八云：「唐世舉人，尤藉當時顯人，以姓名達主司，然後投獻所業，踰數日又投，謂之溫卷。」當時主考官，重視敘事文、議論文、詩賦三種文體。因此，舉子所投之「行卷」，所獻之「業」，便具備此三種文體。直至詩賦為進士科主要科目，做詩、讀詩即自然而然融入日常生活中。

主要媒體。文人、知識份子努力透過科舉在政治展露頭角，在文化上施展其才學技芒，為當時教育文化、社會發展帶來活力。進士科以詩賦取士，即是以文化考試為主要內容，便刺激推動人們對其子弟進行文化教育。因此，唐代文化普及遠超過前代，而其燦爛的文學藝術即是以文化教育的普及為基礎點的。

（一）唐代婦女的教育

　　緣由唐代政治社會的風潮，以及詩歌文學向下發展的普及化，唐代的婦女感受到詩歌風氣的薰染更加濃厚。唐代尚未形成「女子無才便是德」的觀念〔註18〕，上自宮廷妃嬪、貴婦千金，下至小家碧玉，尼姑倡優、甚至婢女妻妾，知書識字者甚多。唯受唐代禮法限制其地位，男性受教後可以自由交際、應考，所得學問使自己成名與傳世，故接受文化教育是天經地義之事，而寫詩作文更是本份之責。唐代社會風氣雖較歷代開放，婦女基本上已缺乏與男子均等的受教機會，只有在宮廷中有習藝館的設立〔註19〕，內授宮廷中之婦女至於民間能文善詩者，率由私學得之，譬如婦德、婦言、婦容、婦功的基本女教〔註20〕，以及出嫁以前敬命婦順的特殊教育〔註21〕。此外，士大夫階級家中，及高官

〔註18〕 「女子無才便是德」不知確始於何時。陳東原《中國婦女生活史》略謂起源於明末清初：「細考這句話的起源，並不很早，最早亦不過在明末。因為清人的書裏，才見有這樣的話。在宋代，袁采那樣博通世故，說了那許多關於婦女的話，都沒有『無才便是德』的字句。……清初的人就有提出『女子無才便是德』，而加以反對的了……。」

〔註19〕 習藝館本名內文學館，選宮中有文學者一人為學士，教習宮人。至武后時，改為習藝館，掌教習宮人書算眾藝。（《資治通鑑》卷二○八）

〔註20〕 章學誠《婦學》中言及：「周官有女祝女史。漢制內有起居注。婦人之於文字，於古蓋有所用之矣。婦學之名，見於天官內職，德言容功，所該者廣，非如後世祇以文藝為學也。」又曰：「婦學之目，德言容功，鄭注言為辭令，自非嫺於禮經，習於文章，不足為學。乃知誦詩習禮，古之婦學，略亞丈夫。」

〔註21〕 《禮記‧昏義》載道：「婦人先嫁三月，祖廟未毀，教於公宮；祖廟既毀，教於宗室。教以婦德、婦言、婦容、婦功。教成，祭之。牲

權貴、經士儒生之女子，大都幼讀詩書，接受父兄之調教啓迪。中有才異質慧者，多聞彊學，薰習日久，自然知書達禮，蘭質慧心。

撲諸胡文楷之《歷代婦女著作考》一書，著錄唐代婦女之著作，凡二十餘家，列表如下：

類　　別	著 作 名 稱 及 卷 數	作　　者
（一）詩文類	垂拱集一百卷	武皇后撰
	金輪集十卷	武皇后撰
	上官昭容文集二十卷	上官婉兒撰
	遺芳集	牛應貞撰
	蘇若蘭織錦迴文璿璣圖	唐史幽探、哀萃芳繹
	李季蘭集一卷	李冶撰
	宋若昭詩文	宋若昭撰
	魚玄機集一卷	魚玄機撰
	馮媛詩一卷	馮媛撰
	天寶回文詩	楊氏撰
	薛濤詩一卷	薛濤撰
	錦江集五卷	薛濤撰
	洪度集一卷	薛濤撰
	薛濤詩存	薛濤撰
	薛濤李冶詩集二卷	薛濤、李冶撰
	葉子格戲一卷	不著撰人
（二）治學類	樂書要卷十卷	武皇后撰
	字海一百卷	武皇后撰
	玄覽一百卷	武皇后撰
	唐韻	吳彩鸞寫
（三）紀傳類	高宗實錄一百卷	武皇后撰
	述聖記一卷	武皇后撰
	烈女傳一百卷	武皇后撰
	孝女傳二十卷	武皇后撰
	內範要略十卷	武皇后撰
	保傅乳母傳七卷	武皇后撰
	鳳樓新誡二十卷	武皇后撰

用魚，芼之以蘋藻，所以成婦順也。」

（四）衛生類	兆人本業三卷	武皇后撰
	黃庭內景圖一卷	胡愔撰
（五）處事類	垂拱格二卷	武皇后撰
	紫樞要錄十卷	武皇后撰
	臣軌二卷	武皇后撰
	百寮新誡五卷	武皇后撰
	青宮紀要三十卷	武皇后撰
	少陽正範三十卷	武皇后撰
	列藩正論三十入	武皇后撰
	訓紀雜載十卷	武皇后撰
	維城典訓二十卷	武皇后撰
（六）諫諍類	王蘊秀集二卷	王蘊秀撰
（七）修身類	古今內範一百卷	武皇后撰
	紫宸禮要十卷	武皇后撰
	女則要錄十卷	長孫皇后撰
	女論語一卷	宋若華撰
	女訓	王琳妻韋氏撰
	續曹大家女訓十二章	薛蒙妻韋氏撰
	女誡一卷	王搏妻楊氏撰
	女儀	元沛妻劉氏撰
	女孝經一卷	陳邈妻鄭氏撰

　　依右表所列，則知唐代婦女著作之梗概，而唐人作詩撰文，實一代風尚也。女子不受教育則已。既受教育而不爲詩文者，幾稀。章學誠《婦學》亦對婦女對於文學之貢獻，做了如下之稱許：

> 唐宋以還，婦才之可見者，不過春閨秋怨，花草榮彫，短什小篇，傳其高秀。間有別出著作，如宋尚宮之《女論語》、侯鄭氏之《女孝經》，雖才識不免迂陋，而趨向尚近雅正。
> 藝林稱述，恕其志足嘉爾。

再者，後人稱唐代四大女詩人——李冶、薛濤、魚玄機、劉采春，除劉氏之外，皆有詩集傳世，於唐代進士、天才詩人一片眞切活躍的詩海中，她們展露別有男性的敏銳心思與愷切眞摯的謳歌。如魚玄機曾詠出「自恨羅衣掩詩句，舉頭空羨榜中名」詩句，表達了女子才華不亞於男子的自信，和不能與男子同登金榜的遺憾。

（二）倡伎的文學生活

有唐三百年間，婦女能詩者，據《全唐詩》所載之傳世者，尚有百餘人，詩凡四百五十餘首。由於唐代君主好尚詩歌，亦多能詩〔註22〕，是故廟堂之上、宮闈之中，均以吟詩唱和為能事。加諸以詩賦試進士，公卿大夫及窮士寒儒皆競相作詩，影響所及，一般深居宮闈繡幃之婦女、宮宦妻妾亦多能吟詠於翠帷繡幕中。至於伶人倡伎，則酬酢肆應於貴族和知識份子之間，上至宰相節度使，下至小吏詩文縉紳。由於必須知詩書，擅藝文，談吐文雅而擅音樂，故身價相對提高。

唐代倡伎，多有能詩者，此蓋起於妓與士之結緣。唐代科舉盛行，擢用人才，多以進士詞科以致身通顯；獲取功名，也屢循翰林學士而至宰相一途。陳寅恪先生於《元白詩箋證稿》第四章「豔詩及悼亡詩」中有如下之批評：

> 此種社會階級重詞賦而不重經學，尚才華而不尚禮法，以故唐代進士科，為浮薄放蕩之徒所歸聚，與倡伎文學殊有關聯。觀孫棨《北里志》及韓偓《香奩集》，即其例證。

今觀《北里志》序云：

> 自大中皇帝（唐宣宗）好儒術，特重科第。故進士自此尤盛，曠古無儔。僕馬豪華，宴游崇侈。以同年俊少為探花使，鼓扇輕浮，仍歲滋甚。

此流風所及，進士科舉者放誕無忌，至懿宗、僖宗之朝殆已達於極至。故《香奩集》序謂：

> 自庚辰辛巳之際（即懿宗咸通元年及二年），迄辛丑庚子之間（即僖宗廣明元年及中和元年），所著歌詩，不啻千首，其間以綺麗得意，亦數百篇，往往在士大夫之口，或

〔註22〕唐代君主多有詩賦之癖好，如唐文宗開文學館，以禮延當代文士：玄宗風流自賞，禮愛文人，李白即以〈清平調〉見賞；憲宗讀白居易〈諷諫詩〉，召其為學士；穆宗喜元稹詩歌，遂徵為舍人；文宗好文言詩，置詩學士多達七十二之多。至論作品，則中宗、睿宗、肅宗、德宗、文宗、宣宗、昭宗，莫不略解吟詠，自成篇章。

　　樂工配入聲律，粉牆椒壁，斜行小字，竊詠者不可勝記。

　　大盜入關，緗帙都墜。

倡伎處於詩歌的黃金時代，藉由詩歌含蓄、精密的語言，傳情送意，以增文雅。更因不斷地交際唱和，無形中也提高了她們的教育素質。孫棨《北里志》曾言「唐伎最重詼諧言談」，如「絳眞善談謔，能歌令，其姿亦常常，但蘊藉不惡，時賢大雅尚之。」又如「楊妙兒長妓曰萊兒，貌不甚揚。……但利口巧言，詼諧臻妙。」此外，《全唐詩》亦可窺見倡伎詩人如關盼盼，薛濤、劉采春、太原妓等〔註23〕的巧製鴻篇，清辭麗句。是以名伎藝文、內在風範，爲婦女文學寫下了聲光煒然的一頁。章學誠《婦學》中亦爲此補充說道：

　　夫傾城名妓，屢接名流，酬答詩章，其命意也，兼具夫妻
　　朋友，可謂善藉辭矣。而古人思君懷友，多託男女殷
　　情。……名妓工詩，亦通古義。轉以男女慕悅之實，託於
　　詩人溫厚之辭。故其遣言雅而有則，眞而不穢，流傳千載，
　　得耀簡編，不能以人廢也。

因而，聲韻之間，遣字之中，唐代詩伎以詩爲其代言，或設語莊嚴，或表情旖旎，或眞誠情篤，或睹物思人，或閒拾記趣……，要之不忘流露出婦女亙古最纖柔的情感與縝密的心緒。

〔註23〕　關盼盼，爲徐州伎。《全唐詩》卷八百二之〈燕子樓〉三首之一：「樓上殘燈伴曉霜，獨眠人起合歡床。相思一夜情多少？地角天涯不是長。」此七絕乃是作者獨居燕子樓十餘年後，在孤寂寥落時追想前塵舊事，賦此詩以追憶。另劉采春，爲越州伎，能歌善詠，容姿豔麗，詩作〈囉嗊曲〉六首〈卷八○二〉，其一：「不喜秦淮水，生憎江上船。載兒夫婿去，經歲又經年。」純係民歌形式，有類吳歌、西曲之風。情感眞摯，而構思精妙，歌詠出婦女眞切之心聲。又太原伎〈寄歐陽詹〉〈卷八○二〉：「自從別後減容光，半是思郎半恨郎。欲識舊雲鬟樣，爲奴開取縷金箱。」此乃絕命詩，以其歐陽詹（貞元間，與韓愈、崔群、李觀等聯第，時稱「龍虎榜」。）遊太原，遇伎私訂終身，約王都城後相迎。別後，伎思之甚，遂一病不起，乃刃髻賦詩寄詹·絕筆而逝，可謂哀豔悱惻，扣人心弦。

第三節　薛濤的生平梗概

　　五代後蜀何光遠《鑒戒錄》卷十：「吳越饒營妓，燕趙多美姝，宋產歌姬，蜀出才婦。」自漢、唐、五代以來，山川水土、風物習俗已成爲一種文化傳統的表徵。故中唐年間，當司馬相如與卓文君的佳話仍在峨眉、綿江之間傳誦不息的時候，成都亦出現了一位著名的才女——薛濤。因此，元稹有詩云「錦江滑膩峨眉秀，幻出文君與薛濤。」（〈寄贈薛濤〉）

　　囿於傳統的道德標準和士族文人的價值取向，薛濤生平事蹟，不僅新、舊《唐書》等正史列傳不載，而且散見在稗官野史的記載，亦是吉光片羽，一鱗半爪。職是之故，本節僅就有限之相關史料，爲薛濤傳奇的一生做一粗淺的探討。

一、先世及家風

　　薛濤，字洪度，原籍長安，成長於四川成都。其名字在前人著述中，偶有誤刊寫爲「陶」者，如宋本晚唐詩人鄭谷之《鄭守愚文集》之〈蜀中〉詩其三〔註24〕；唐李匡乂《資暇集》、宋李石《續博物志》卷十所記載薛濤制箋事〔註25〕；五代南漢五定保《唐摭言》卷三之〈慈恩寺題名遊賞賦詠雜記〉條下〔註26〕；再如，韋莊《又玄集》中所選濤詩〈罰赴邊有懷上韋相公〉詩題下之署名薛陶，皆是訛奪所致〔註27〕。至

───────────

〔註24〕〈蜀中〉詩第三：「渚遠江清碧簟紋，小桃花繞薛陶墳」，至《全唐詩‧鄭谷詩》已將「陶」更正爲「濤」。

〔註25〕《資暇集》「薛陶箋」。下之內容言人名皆謂「薛陶」；《續博物志》：「營妓薛陶造十色彩箋。」《四庫全書‧資暇集》提要：「蜀妓薛濤見於唐人詩集者，無不作濤。此書獨作薛陶，顯爲譌字。」

〔註26〕《唐摭言》卷三〈慈恩寺題名遊賞賦詠雜紀〉一題，其下有文曰：「半垂紅袖薛陶窗」，至清蔣光煦《斠補隅錄》輯校《唐摭言》，遂將「陶」訂正爲「濤」。

〔註27〕《全唐詩》韋莊之〈乞彩箋歌〉詩中，有「薛濤昨夜夢中來，殷勤勸向君邊覓」句，更陶爲濤。顯然從日本傳回失傳數百年的韋莊《又玄集》，其誤濤爲陶，系宋官版本之誤刊。（參酌夏承燾先生之《又玄集》後記之見）

若其字洪度，元陸友仁《研北雜志》作度弘，又南宋章淵《槁簡贅筆》曰字弘度，清彭遵泗《蜀故》卷十六言字宏度。按「度弘」實爲顛倒之誤，而今人彭芸蓀以爲——清陳矩所刻靈峰草堂本《洪度集》附錄，以《研北雜志》之誤爲是，反以各本作弘度者爲非，實不察之失。而弘、宏、洪三字中古音義雖可互相通用，然姓名實不可以同音通假，之所以有不同版本出現，殆因古人不明故也。關於薛濤之籍貫，一般史料皆道出生長安，幼年隨父宦蜀，於成都長大，幾已成定論，故元積〈寄贈薛濤〉詩：「錦江滑膩峨嵋秀，幻出文君與薛濤」之句，自可釋爲詩人薛濤自幼得巴山蜀水之靈秀薰陶，以成就詩名。況元積常以司馬相如自況，以薛濤比美文君自然言之成理，無需因文君生蜀而斷定濤亦必生於四川。至於其他史料，或稱蜀、西蜀，或稱蜀中、西川，蓋以其成長的時空背景爲據，或因史料典籍之作者亦身在蜀中，如王建〈寄蜀中薛濤校書〉便是一例。故明何宇度《益部談資》卷上稱蜀之文人才士，香奩之彥，以花蕊夫人、卓文君、薛濤並列，即是著眼於四川地靈人傑的屬性。明此，拘泥於詩人必生於四川，不啻劃地自限，無所裨益。

　　薛濤，父鄖，因官寓蜀而卒。母孀居，養濤及笄，以詩聞外。又能掃眉塗粉，與士族不侔，客有竊與之「宴語」。此見於元人費著之《箋紙譜》對薛濤之先世及成長事跡較之范攄《雲溪友議》、何光遠《鑒戒錄》、計有功《唐詩紀事》及辛文房《唐才子傳》、鍾惺《名媛詩歸》、《全唐詩》詳全得多，故多爲後人瞭解薛濤身世之依據。據此，則知薛濤出身於官宦之家，隨父薛鄖遊宦寓寄於蜀，自幼秉承詩禮之教，故「容儀頗麗，才調尤佳，言譴之間，立有酬對。」（《鑒戒錄》卷十〈蜀才婦〉；又按《禮記》記載，男子年二十而冠，女子年十五及笄）。由是觀之，薛濤年僅十五，早已詩名流佈。有唐一代，儘管社交開放，但就傳統禮教而言，身爲士族女子，理當閉處深閨，而薛濤因善修飾、喜交際，嘗與人游宴，故明萬曆三十七年洗墨池刻本小傳及《箋紙譜》均謂「與士族不侔」，此乃說明其家風之開明，與薛濤有別於當時仕宦之子女的作風。

二、寓居風物

　　成都向來為四川文風最盛之處，歷代人才輩出。名勝古蹟以城外較多，如望江樓、枇杷門巷、百花潭、萬里橋……等。薛濤這位文采風流的詩人，晚歲曾居碧雞坊，創吟詩樓，優息其上，是以《益部談資》卷中云：「晚歲住居碧雞坊，王建〔註28〕贈詩云：『萬里橋邊女校書，枇杷花裏閉門居。……』」。至今成都望江樓公園仍保留吟詩樓、浣花亭、枇杷門巷、薛濤井……等遺跡，並塑有一座女詩人英姿飄逸的行吟雕像，使後人發思古之幽情，生亙古之懷念。

　　薛濤〈寄張元夫〉詩云：「前溪獨立後溪行，鷺識朱衣自不驚。」以至王建〈寄蜀中薛濤校書〉詩：「萬里橋邊女校書，枇杷花裏閉門居。」皆可證明薛濤隱於成都近郊之浣花溪。按萬里橋之名，得自三國蜀漢時，乃取孔明送費禕聘吳，費禕言「萬里之行始於此」之義〔註29〕。萬里橋東曰濯錦溪；橋西曰浣花溪，一名百花潭〔註30〕，潭側為杜甫浣花草堂及薛濤故居所在。因此，杜甫《狂夫詩》云：「萬里橋西一草堂，百花潭水即滄浪。」而《益部談資》卷中也道：「其潭後杜少陵、薛濤皆買居潭側。」又正德《四川總志》卷九〈山川〉

〔註28〕王建贈濤之詩，何光遠《鑒戒錄》，計有功《唐詩紀事》、辛文房《唐才子傳》皆誤以為胡曾作。按：胡曾在懿宗咸通中舉進士不第，僖宗時始從高駢為幕佐來川，安能於濤卒後（文宗大和六年）贈之以詩？故以王建贈濤詩方是，非胡僧所為也。

〔註29〕《元和郡縣圖志》卷三一〈劍南道上〉載曰：「萬里橋，架大江水，在縣南八里。」又《太平寰宇記》卷七二〈劍南西道‧益州〉說：「萬里橋在州南二里……蜀使費禕聘吳，諸葛亮祖之。禕嘆曰：『萬里之路，始於此橋。』故曰萬里橋。又按唐史：玄宗狩蜀至成都，適萬里橋，問橋名，左右對曰萬里橋。上因嘆曰：開元末，僧一行謂朕曰：『更二十年國有難，陛下當巡游至萬里之外。』此是也。由是駐蹕成都。」（此載亦見於《益部談資》卷中）

〔註30〕《益部談資》卷中：「花溪中，一洲橫出，下即百花潭也。」又曰：「百花潭口，舊有任氏一碑，立於風雨中。予令人滌去苔蘚讀之，乃宋熙寧年間吳中復撰八分書也。字半漫滅，略可成誦，云：夫人微時，見一僧墜污渠，為濯其衣，百花湧出因而名。」此言百花潭之位置及名稱由來。

也明載：「浣花溪，在（成都）治西南五里，一名百花潭。唐妓薛濤家潭旁，以水造十色。」總此，皆薛濤隱逸曾居於百花潭側之證。而今四川成都勝跡有曰「薛濤橋」者，乃因浣花溪（錦江之一段）於成都西南郊百花潭附近分流二支，有橋各架於二支分流處，架於解玉溪上謂之玉溪橋；架於錦江正流百花潭附近者，謂之薛濤橋，是因薛濤曾居此地之故。《箋紙譜》遂說：「府城之南五里有百花潭，支流爲二，皆有橋焉，其一玉溪，其一薛濤。」

　　薛濤逸居百花潭側後，晚歲移居碧雞坊，刱吟詩樓，偃息於上，《全唐詩話》、《益部談資》、《唐音統籤・洪度集》、《名媛詩歸》、《箋紙譜》等典籍皆載其事。碧雞坊爲唐宋成都諸坊之一，位成都西南部。杜甫〈西郊〉詩：「時出碧雞坊，西郊向草堂。」；《輿地紀勝》載：「碧雞坊今城之西南。」；《蜀中名勝記》卷二及《寰宇通志》卷六十一皆引黃庭堅〈浣花溪圖引〉詩：「拾遺流落錦官城〔註31〕，故人作尹眼爲青。碧雞坊西結茅屋，百花潭水潔冠纓。」由此，可知唐宋時代之碧雞坊位成都西南部，與同在西南郊外之杜甫草堂互相遙望。職是之故，《蜀中萬物記》云：

　　　　漢宣帝時，方士言益州有碧雞神，可以醮祭而致。使諫議
　　　　大夫王襃持節往求之，襃道病，竟不能致。成都有碧雞坊，
　　　　蓋祠所也。老杜詩：時出碧雞坊。其後西川校書薛濤營宅
　　　　於碧雞坊老焉。

正說明碧雞坊與薛濤之關係。唯王灼《碧雞漫志》及蹇汝明《鈍菴記》，及張蓬舟〈薛濤詩箋〉皆以爲碧雞坊位於成都西北，實乃錯誤。薛濤於碧雞坊建吟詩樓，鄰近浣花溪和百花潭，晚唐已成爲成都勝跡，故《全唐詩》卷六八八有晚唐詩人裴廷裕〈蜀中登第答李搏六韻〉之詩，詩云：「高捲絳紗揚氏宅，半垂紅袖薛濤窗」，乃指揚雄故宅子雲亭及薛濤吟詩樓之風物。碧雞坊之海棠冠絕天下，南宋范成大、陸

―――――――――

〔註31〕 明何宇度《益部談資》卷中：「成都一名錦城，一名錦官城，秦張儀
　　　　所築。」

游均曾久客成都，存詩中亦有道及碧雞坊者〔註32〕，然未道及薛濤之吟詩樓，可見於南宋時早已湮滅。

現今成都錦江第一勝蹟謂之望江樓公園。望江樓乃依薛濤故居遺跡而興建，坐落碧雞坊內，一稱崇麗閣，蓋取左思〈蜀都賦〉中「既崇且麗」之意，又稱吟詩樓，乃蜀人紀念詩人薛濤而構建〔註33〕。公園境內據志載有五雲仙館、濯錦樓、浣箋亭、枇杷門巷……，現或存或廢，或次第修建、或改名，然遊覽勝況始終不減。值得一提的，乃望江樓公園中之一口大井，名曰「薛濤井」，相傳昔日詩人用此井水創製薛濤箋。史載如《四川通志》：「薛濤井在錦江南岸、舊名玉女津。」；《益部談資》卷中：「舊名玉女津，在錦江南岸，水極清澈，石欄周環，久屬蜀藩爲製箋處。」據彭芸蓀《望江樓志》及張蓬舟《薛濤詩箋》之考證，薛濤井之說殆始於明代，宋元不見記載，最早乃明代蜀藩仿製薛濤箋處，於薛濤井一帶建築樓臺亭閣，闢爲園林，至清康熙三年，冀應熊始書薛濤井三字，立石碑於井傍，留傳至今。現古井前，留有劉豫波聯云：「古井冷斜陽，問幾樹枇杷，何處是校書門巷？大江橫曲檻，佔一樓煙雨，要平分工部草堂。」（見《望江樓志》）此聯引人憑添幾許惆悵，幾許感慨！

今日四川成都之望江樓並非薛濤舊居，乃是後人於薛濤井旁仿碧雞坊故居而建吟詩樓、浣箋亭、枇杷門巷……等，皆基於對詩人的敬愛，以茲紀念。數百年來，人們樂於接受此一約定俗成的說法，不少名人並以古井江樓爲背景，抒懷寫景，這些詩詞與楹聯至今人們仍交相傳誦〔註34〕。

〔註32〕《劍南詩稿》卷六〈花時遍游諸家園〉：「看花南陌復東阡，曉露初乾日正妍，走馬碧雞坊裏去，市人喚作海棠顛。」同書卷七五《海棠歌》也道：「碧雞海棠天下絕，枝枝似染猩猩血，蜀妓豔妝肯讓人，花前頓覺無顏色。」薛濤晚歲居於此地，是頗適合其個性和愛好的。

〔註33〕張蓬舟《薛濤詩箋》對吟詩樓之改建遞嬗，考述頗詳，可參其書第152～153頁。

〔註34〕《望江樓志》附有名人之江樓題詠，如楊慎之〈江樓曲〉、曹學佺之

最後，仍需對今人憑弔一代詩伎所立之「薛濤墳」做一歷史回顧。晚唐詩人鄭谷《蜀中》詩：「渚遠江清碧簟紋，小桃花繞薛濤墳。朱橋直指金門路，粉堞高聯玉壘云。」嘉慶《四川通志》卷四十四〈輿地志、凌墓〉：「唐薛濤墓在縣（華陽縣）東十里。」又按《全唐詩小傳》云：「……卒於成都，段文昌爲撰墓誌，其文不傳，墓去井（薛濤井）里許，在民舍旁。鄭谷〈蜀中詩〉有小桃花繞薛濤墳之句。今惟荒土一坯。」是知薛濤墳在物換星移中，早已成爲歷史之陳跡。對薛濤頗有研究之學者彭芸蓀及張蓬舟兩位先生，在《望江樓志・薛濤墓考》及《薛濤詩箋・薛濤墳》文中，各考證濤墓一在城東錦江之濱，一在城西碧雞坊附近。二人引證詳備，論述有理，卻都未予以肯定，值得進一步發掘與考證。如能尋獲段文昌所撰墓誌，將是詩壇美事一椿，更可解決寥寥史料所引起之紛紜聚訟。綜言之，薛濤墳四周種有桃樹，故晚唐鄭谷〈蜀中〉詩才如此說，到了明代萬歷年間，詩人鄭原岳〈詠薛濤墳〉詩仍說：「三尺荒墳旁狹邪，墳前流水繞桃花。」（《望江樓志》）而不知從何時起，四季常青之竹林遂取代了小桃花盛開的景象。因此，清初詩人鄭成基〈吟薛濤墳〉詩便云：「昔日桃花剩無影，到影斑竹有啼痕。」語多感嘆。儘管桃花盛放，體現詩人生前熱情的性格；桃葉飄零，意味詩人凄涼的身世，然而後人以翠竹代替桃花，卻說明對女詩人薛濤有更深的瞭解與崇敬。因爲蒼蒼翠竹，正象徵薛濤不畏霜雪的精神品格，其生前〈酬人雨後玩竹〉一詩無異爲最佳目況。今日望江樓公園內，以茂林修竹配祀這位掃眉才子，環顧薛濤墳旁的搖曳竹影，眞是深得詩人心意，無怪乎《洪度集》以壓卷之態列〈酬人雨後玩竹〉爲卷首，頗知個中道理。

三、生平際遇

韋皋鎭蜀，召令侍酒賦詩，遂入樂籍，僚佐多士，爲之改觀。

〈薛濤井〉、李斯煌之〈吊唐薛濤校書〉、謝無量之〈爲人題江樓圖〉、何紹基之〈吟詩樓聯〉等。參其書頁26～58。

　　《郡閣雅言》、《稿簡贅筆》、《牋紙譜》、《青樓詩話》、明萬歷洗墨池刻本小傳、《益部談資》、《唐名媛詩歸》小傳及《全唐詩》小傳皆言薛濤因父卒於蜀，母孀居、自此家道中落，為韋皋召令侍酒賦詩，遂失身為伎。由於薛濤出身官宦之家，受過良好教養，雖淪落倡籍，然才情自視均甚高，加上「女冠坊伎，爲文因酬接之繁，禮法名門，篇簡自非儀之誡。（《文史通義‧婦學》）」。因此，詩文才華隨著淪入樂籍而更加張揚，並享有盛名。

　　韋皋（745～805），鎮蜀廿一年，於中唐被譽為「諸葛武侯之后身」（見《太平廣記》）的名臣良將，其歷史地位可與郭子儀比美。唐德宗貞元元年（785）以大將軍身份出鎮西川兼成都尹，至貞元十七年始加中書令，賜爵南康郡王〔註35〕，以「服南詔、御吐蕃」有中興唐室之功，故《資治通鑑》言：「西川節度使韋皋至鎮，招撫境上群蠻。」韋皋喜書畫，文武雙全〔註36〕，因慕薛濤之風雅，遂召令入幕府侍酒賦詩。韋皋鎮蜀廿餘載，其幕府人才濟濟，唐中葉許多著名將相均出自其門下〔註37〕，韋中令與僚佐皆以女詩人待濤，而濤之聰穎辨慧更使眾人為之改觀與推重。

〔註35〕典籍所傳稱韋中令，即指韋皋。而濤詩集中或稱韋令公，或稱韋相公；《唐詩紀事》、《鑑戒錄》則稱為韋南康，蓋係同一人也。

〔註36〕按成都尚時爲劍南西川節度使的駐紮處，節度使乃地方上最高行政和軍事首長，故韋皋地位之崇高可見一般。《全唐詩》收韋皋詩三首，數量不多，抑評是戎馬倥傯，無暇作詩之故，然氣勢豪邁，頗見功力。又《唐國史補》卷中載：「韋太尉皋，鎮西川亦二十年，降吐蕃九節度，擒論莽熱以獻，大招附西南夷。任太尉、封南唐王，亦其次也。韋太尉，在西川，凡事設教，軍士將吏婚嫁，則以熟綵衣給其夫氏；以銀泥衣給其女氏。又各給錢一萬，死葬稱是，訓練稱是。內附者富贍之，遠來者將迎之。」由此可知韋皋文治武功之雙全。

〔註37〕韋皋幕僚一有符載、司空曙、歐陽詹、陸暢、裴說、林薀、盧士政、獨孤良弼及王良士、段文昌諸人，其任韋皋門下，與薛濤有詩酒唱和，惟今不傳。

辨慧知詩，容儀才調俱佳。韋南康鎮成都日，欲奏校書而罷，至
今呼之。

　　薛濤身爲幕府官伎，常與幕賓僚屬詩酒唱和，同時以錦心繡口贏
得極高聲譽。如《唐語林》卷六補遺及《字觸》卷五記載：

　　西蜀官妓曰薛濤者，辨慧知詩。嘗有黎州刺史〔註38〕〔原註〕失姓名
　　作〈千字文〉，令帶禽魚鳥獸。乃曰：「有虞陶唐。」坐客
　　忍笑不罰。至薛濤云：「佐時阿衡」其人謂語中無魚鳥，請
　　罰。薛笑曰：「衡字尚有小魚子，使君『有虞陶唐』，都無
　　一魚。」賓客大笑，刺史初不知覺。

又如秦再思《紀異錄》、辛文房《唐才子傳》、及《全唐詩》小傳、《綠
窗新語》卷下等亦載有：

　　高駢（應是高崇文之誤）鎮蜀〔註39〕，命之（薛濤）佐酒，
　　改〈一字令〉曰：「湏得一字象形，又湏逐韻。」公曰：「口，
　　有似沒梁斗。」濤曰：「川，有似三條椽。」公曰：「奈何
　　一條曲！」濤曰：「相公爲西川節度使，尚使一沒梁斗，至
　　於窮酒佐有三條椽，內一條曲，又何足怪？

如此機警敏捷的才思，使薛濤的詩篇和才名，隨著幕府馳出的使車而
傳遍於外。職是之故，范攄《雲溪友議》卷下言薛濤「能篇詠，饒詞

〔註38〕北宋郭允蹈《蜀鑑》卷十載：貞元四年（西元788），「吐蕃寇四川，
　　　韋皋遣人拒破之。」條末云：皋遣黎州刺史韋晉等，與東蠻連兵禦
　　　之，破吐蕃於清溪關外。」故黎州刺史應即韋晉其人。張蓬舟亦持
　　　相同看法。

〔註39〕按高駢乃是高崇文之孫，雖禁軍世家，駢卻雅有文才。其有詩五十
　　　首，見於《全唐詩》，大抵清麗可誦，而〈一字令〉其詞甚鄙，不類
　　　駢作。高駢鎮蜀，考諸新舊《唐書》其檢校司空兼成都尹，充劍南
　　　西川節鎮事，時在唐僖宗乾符二年（西元875），距薛濤逝世（唐文
　　　宗大和六年（西元832））已有四十三年之遙，焉能與濤佐酒賦詩？
　　　高駢之祖高崇文於唐憲宗授西川節度使，據《北瑣夢言》卷七〈高
　　　崇文相國詠雪〉條所記之口占詩，可見其言詞之俚俗，〈一字令〉或
　　　應爲高崇文所作。而濤詩有〈賊平後上高相公〉一首，亦即寫予行
　　　武出身「不通書」的高崇文（見《新唐書》本傳）。直言之，後人記
　　　載傳聞，常因姓同、官職同而誤高崇文以爲高駢，實不可不辨也。

辯」；景渙《牧豎閑談》言濤「善篇章，足辭辯，雖無風諷教化之旨，亦有題花咏月之才，當時營妓之尤物也。」頗切合薛濤當時之聲名。

濤以文采風流，歷事節鎮，是以詩才受知，而不緣以色相。世傳奏授「校書」一名予濤，其事實爲何，確有必要詳解。按校書一名，原指校勘書籍，後轉爲官名。例如後漢，以蘭臺令史典校秘書，亦選他官任之，故以郎居其任，則謂之校書郎；至魏始置秘書校書郎。後魏迄宋，皆置之，隸屬秘書省，於唐則不過爲一個九品小官，負責校勘書籍，訂定訛誤一類，對外亦不過是虛銜一職矣，元以後不設，又從無以婦女任官者。至於薛濤是否曾任校書職，以現有文獻觀之，約可分爲兩類：一是主張乃虛有之事，一則持肯定之說法；又肯定之說亦分爲由韋皋請奏，或由武元衡奏授兩種。

按否定薛濤有校書之美稱者，以陳振孫《直齋書錄解題》卷十九中有是載：「濤字洪度，號薛校書，世傳奏授，恐無是理。殆一時州鎮褒借爲戲，如今世白帖、借補之類耶？」是以爲薛校書之稱，蓋一時戲稱也。此外，肯定有奏請校書一事者，有後蜀何光遠《鑑戒錄》卷十，宋計有功《唐詩紀事》卷七九之謂：「大凡營妓，比無校書之稱，自韋南康鎮成都日，欲奏而罷，至今呼之。」此所謂「欲奏而罷」者，北宋葉廷珪《海錄碎事》卷九及元費著《牋紙譜》有所說明：「韋皋欲奏以校書，護軍〔註40〕從事以爲不可，遂止。」以上記述，大抵謂薛濤呼爲女校書，乃起於韋皋賞識其過人才華，故曾有奏請授校書郎之事，惟因護軍曰不可，遂罷之。今人彭芸蓀《望江樓志》採此說。

持肯定一說者，另有其同中之異的主張。南宋晁公武《群齋讀書志》卷四，元辛文房《唐才子傳》則以爲是武元衡奏授濤爲校書郎。今人張篷舟《薛濤詩箋·女校書考》亦主此說。

考韋皋鎮蜀廿一年，位兼將相，權傾一方，「其功烈爲西川大帥之最」（曹學佺《蜀中廣記》），且爲叱咤中唐政局的風雲人物〔註41〕。

〔註40〕護軍即監軍，係宦者爲之。
〔註41〕唐順宗病危無法聽政時，韋皋曾奏請皇太子監國，唐憲宗得以提前

既貴爲德宗功臣，又賞封太尉、賜爵郡王，加諸軍旅行令之跋扈專橫，如眞欲奏授薛濤爲校書郎，又豈會受阻於一小小護軍之言，何況韋中令鎮蜀之日，未嘗聞有監軍之設，何來護軍曰「不可」之實！至於武元衡於元和二年，以吏部尚書兼門下侍郎平章事，充劍南西川節度使，於劉闢之亂後治蜀，頗有政績。與武元衡同時又交游甚深之詩人王建，在〈寄蜀中薛濤校書〉詩中言「萬里橋邊女校書」，其後晚唐詩論家司空圖〈狂題一八首〉（《全唐詩》卷六三四）之第十三，言「應到去時題不盡，不勞分寄校書箋」，皆稱濤爲「校書」；此後以自見目錄著稱的晁氏，據親見濤詩《錦江集》而確言武元衡奏校書郎，亦實非泛言者可比。想來，張篷舟之說，是言之有理的。

　　總此言之，薛校書之奏授，源來武元衡對薛濤卓越才華與機敏詞辯的讚賞。故以後王建贈詩、段文昌題墓，皆稱之曰校書，而薛濤在其〈宣上人見示與諸公唱和〉一詩中言「可憐譙記室」〔註42〕，即是身爲校書的自白，可知「女校書」一名非戲稱也。如此一來，薛濤的女校書之名乃不脛而走，宣騰眾口。據《中國娼妓史話》及《妓家風月》之記載，舊時上海、蘇州、北京的伎院雅稱「書寓」、「書院」，對高級倡伎則雅書「女校書」，其典即源出於此。

濤出入幕府，自皐至李德裕，凡歷事十一鎮，皆以詩受知，其間與濤唱和者，元稹、白居易、牛僧孺、令狐楚、裴度、嚴綬、張籍、杜牧、劉禹錫、吳武陵、張祜，餘皆名士，記載凡二十人，競有唱和。

　　薛濤自爲韋皐召令侍酒賦詩以後，常出入節鎮幕府，故有「歷事十一鎮，皆以詩受知」之載。而此載最早見於元費著《牋紙譜》，爾

　　　即位，從而使唐王朝有中興之望。

〔註42〕詩中之「記室」是掌書記之官，後漢所置，故《後漢書・百官志》：
　　　　「記室令史主上章表報書記。」而此官至唐初仍因之，唐宗崇文館
　　　　後，改「記室」爲「校書」。

後明本《薛濤詩》、鍾惺《名媛詩歸》、《全唐詩》小傳亦稱是；又明何宇度《益部談資》亦道有多名士，咸與薛濤唱和。考之新、舊《唐書》，十一鎮者乃指韋皋、袁滋、劉闢、高崇文、武元衡、李夷簡、王播、段文昌、杜元穎、郭釗、李德裕相次十一任西川節度使。此十一鎮中，僅七鎮於濤集中有詩賦酬答或事跡可稽，即 1. 韋皋，濤詩有〈罰赴邊有怀上韋令公〉及〈罰赴邊上韋相公〉二首。皋於貞元十七年吐蕃北寇靈、朔時奉詔出兵深入藩兵，濤或亦於此時被罰赴邊而有是作。2. 高崇文，唐憲宗時令驍將高崇文出師征討劉闢之叛，於憲宗元和元年（806）進軍成都生擒劉闢，西蜀亂平，故濤有稱頌此事之詩〈賊平後上高相公〉一首。3. 武元衡，濤見武元衡元和二年題〈重慶嘉陵驛〉詩〔註43〕之後，用武詩末句「蜀門西更上青天」為〈續嘉陵驛詩獻武相國〉一詩之首句，故云續。餘另有〈上川主武相國〉一首。均係於元衡鎮蜀時所作。4. 王播，以戶部尚書、成都尹充劍南西川節度使，濤有〈上王尚書〉及〈浣花亭陪川主王播相公暨寮同賦早菊〉之詩作。5. 段文昌，為韋皋幕僚門下時，曾被奏授為校書郎，於憲宗時官至宰相，於文宗大和年間兩任劍南西川節度使。因此，濤有〈段相國游武擔寺病不能從題寄〉詩一首。6. 杜元穎，濤集有〈酬杜舍人〉一詩〔註44〕。7. 李德裕，文宗大和四年以檢校

〔註43〕 〈題嘉陵驛〉：「悠悠風斾繞山川，山驛空濛雨似煙。路半嘉陵頭已白，蜀門西更上青天。」

〔註44〕 此詩所謂杜舍人，究竟所指為何人，向來爭執頗多。張蓬舟、彭芸蓀皆斷為酬杜牧，陳文華則以為乃酬贈杜元穎之作。二派之說，確有其理，亦嫌根據不足。今從朱慈德〈薛濤考異〉之見，從詩的語氣與口吻不似對後輩杜牧而發來分辨；或從詩的體制言之，引杜牧寄濤〈題白蘋州〉詩而為濤作之「酬」的對象，則無異是七言酬五言，絕句酬律詩，何來曰「酬」！此外，杜牧遷中書舍人時在唐宣宗大中六年（西元852），時濤墓木已拱，倘若此詩果真是酬杜牧，則濤生前豈非有未卜先知之能。因此，無論從時空上的契合（據《舊唐書》卷一六三載：「穆宗即位，召（元穎）對思政殿，錫金紫、超拜中書舍人。」及穆宗長慶三年（西元832），元穎帶平章事出鎮蜀川），或是此酬唱詩的神韻口吻，及化用梁詩人柳惲名作〈江南曲〉

兵部尚書兼成都尹，充劍南西川節度史。武宗會昌四年始加太尉、衛國公。李德裕鎮蜀次年爲整頓邊防以抗禦吐蕃南詔，修建籌邊樓，「日與習邊事者籌劃其上，凡虜之情僞盡知之。」（《新唐書‧李德裕傳》）因此，薛濤有〈棠梨花和李太尉〉及〈籌邊樓〉二首詩傳世。惟前首詩題恐爲濤逝後，後人所妄加；次首乃薛濤應邀登臨眺望並寫此詩以爲祝賀。其餘四鎮，則袁滋未到任即貶；劉闢得鎮即反，後被高崇文討平，伏誅；郭釗以東川節度使兼領西川，不及一年。三者均任期短暫，或無所作。李夷簡鎮蜀雖有六、七年，然現存集中不見唱和之作。

　　至於元稹等十一名士，則只有元稹、白居易、劉禹錫等有詩與薛濤唱和，餘則因專集無所作，或因濤詩散佚，俱不見矣。如元稹有〈寄贈薛濤〉詩，薛濤有〈寄舊詩與元微之〉一詩；白居易有〈與薛濤〉一詩〔註45〕；濤詩有〈和劉賓客玉蕣〉一首〔註46〕，而劉禹錫有〈和西川李尚書傷孔雀及薛濤之什〉。要言之，以詩事人，表明薛濤才華出眾，亦說明她身處卑微而自恃高潔的態度，非一般樂伎可比。故晁公武《郡齋讀書志》言：「薛濤洪度，西川樂妓，工爲詩，當時人多與酬贈。」

稹聞西蜀薛濤有辭辯，及爲監察使蜀，以御史推鞫，難得見焉。嚴司空潛知其意，每遣薛往。洎登翰林，以詩寄曰（詩略）。

　　元薛情緣關係的建立，最早記載爲晚唐范攄《雲溪友議》卷九下之〈豔陽詞〉：

　　　安人元相國應制科之選，歷天祿畿尉，則聞西蜀樂籍有薛
　　　濤者，能篇詠、饒詞辯，常悄悒於懷抱也。及爲監察〔註47〕，

───────────────

　　致與〈酬杜舍人〉所言「芙蓉空老蜀江花」之詩意的泯合，從而謂此杜舍人乃指蜀帥杜元穎，是無可責咎的。

〔註45〕此詩《白氏長慶集》不載，見於《白香山詩集補遺》。晚唐張爲《詩人主客圖》及南宋計有功《唐詩紀事》、《全唐詩話》皆有載及。

〔註46〕按劉禹錫遷太子賓客，時濤已卒。故詩題言劉賓客之官銜，係後人所加。

〔註47〕元和五年，元稹以監察御史（據《中國古代官制講座》載，此職主

求使劍門，以御史推鞫，難得見焉。及就除拾遺，府公嚴
司空綬知微之欲，每遣薛氏往焉，臨途訣別，不敢挈行。
洎登瀚林，以詩寄曰：(中略)……乃廉問浙東，別濤已逾
十載，方擬馳使往蜀取濤，乃有俳優周季南、季崇及妻劉
采春，自淮甸而來，善弄陸參軍，歌聲徹雲，篇韻雖不及
濤，容華莫之比也。元公似忘薛濤。

續後，前蜀景渙《牧豎閑談》、南宋計有功《唐詩紀事》、元辛文房《唐
才子傳》、明鍾惺《名媛詩歸》、清彭遵泗《蜀故》等書，均記述其事。
近人張蓬舟、彭芸蓀二位研究薛濤的專家亦主此說，考證頗詳，遂使
詩壇佳話，流傳千年。

　　然而對元薛愛情關係也有持質疑和否定態度的，一如卞孝萱之
《元稹年譜》、傅璇琮《唐才子傳校箋》及王仲鏞《唐詩紀事校箋》，
其就年歲之距、空間之隔、就除拾遺之不確和嚴司空綬遣薛氏往元稹
處為烏有之事等理由，提出懷疑。甚有羊村先生以為《雲溪友議》隸
屬小說家者流，持《四庫全書提要》對其「傳聞之誤、時代迥不相及、
與史實不符、委巷流傳，失於考據、毀譽不免過當、小人無稽之談」
的評語，而全然否定〔註48〕。

　　質言之，在薛濤身世不見正史的前提下，以及墓誌湮滅的事實
中，現存有關史料皆是珍貴且隱含踵事增華的。儘管二人的情緣，是
生活中互相激起的浪花，對元稹而言，不過是風流倜儻與熱衷功名的
小插曲，卻為薛濤有緣無份的感情生活憑添餘恨，但這些露水情緣終
將隨波而逝！不論元薛的愛情是否成立，但是才子才女的互相傾羨卻
是值是得肯定的。因此，宋陶谷《清異錄》卷四道：

蜀多文婦，亦風土所致。元微之素聞薛濤名，因奉使使見
焉。微之矜持筆硯，濤走筆作〈四友贊〉，其略曰：「磨潤

要任務為出使巡按，包括對州縣的巡察以及對屯田、鑄錢、館驛、
嶺南選補、太倉與太府出納等的監察。開元以前還監諸軍旅)奉命
辦理東川節度使嚴礪案。

〔註48〕見1992年《成都風物》第三輯，羊村著〈千載含冤應予昭雪〉一文。

　　　色先生之腹，濡藏鋒都尉之頭，引書媒而黯黯，入文畝以
　　　休休。」微之驚服。

此後，由元詩〈好時節〉、〈寄贈薛濤〉二首，及薛濤〈贈遠〉、〈寄舊
詩與元微之〉二詩，其互相酬贈的表意內容觀之，皆可爲才子佳人以
詩會友的生活作證。

後段文昌再鎮成都，大和歲濤卒，文昌為撰墓誌。

　　有關段文昌爲濤撰墓誌一事，見於《蜀中名勝記》卷二，其在文
昌爲撰墓誌下增補「題曰西川校書薛洪度之墓」一句。又《益部談資》
卷中云：「墓在江千，碑題『唐女校書薛弘度墓』。」今段氏原碑，在
《輿地紀勝》碑目中不載，可知大約於南宋時即湮沒，而今遺跡只有
清沈壽裕所題之墓碑及嘉慶《四川通志》卷四十四所載之遺址。段薛
之交誼爲何，而段何故爲薛撰墓誌，其二人確有不少爲人所稱道的關
係。其一，二人同在成都韋皋幕府，皋逝後由段文昌之岳父武元衡充
任劍南西川節度使，因慕濤之風雅，曾奏授濤爲校書郎，文昌對此事
或有從旁促進之力。其二，穆宗長慶元年（821）段文昌以中書門下
平章事，任劍南西川節度使來成都。與薛濤會晤相處時間不短，濤有
〈段相國游武擔寺病不能從題寄〉一詩說明其交往關係的密切，並以
〈贈段校書〉詩一首予文昌之子段成式〔註49〕。其三，大和六年，文
昌第二次任西川節度使來成都，濤即於當年去世（此時李德裕未離任
西川節度使，段文昌尚未到任）。文昌到職任官後，親爲濤作墓誌，
且親題「西川女校書薛洪度之墓」的墓碑，可知其情深誼篤。薛濤一
生出入西川節鎮幕府數十載，歷十一鎮事，幾爲段文昌所親聞親睹。
故詳知濤一身事跡，爲她撰墓誌堪稱不作第二人選。因此，明人黃周
星於《唐詩快》中感嘆道：「此女校書中最多福者，文士或不及也。」

　　至於薛濤之生卒，歷來舊記多異，而學者專家亦眾說紛紜。歸納

〔註49〕時段成式從父在蜀，以父蔭爲秘書省校書郎，博聞強記，頗有才華，
　　　撰有《酉陽雜俎》及《段成式詩》集。

言之，其享年主七十三歲者，有《牋紙譜》、《益部談資》；主七十五歲之說，有《蜀中名勝記》、《名媛詩歸》、《唐音統籤‧洪度集》、洗墨池本濤集小傳；主得年最長至近八十歲之說者，則僅見《直齋書錄解題》。近代研究薛濤之專家如傅潤華《薛濤詩、薛濤年譜》、彭芸蓀之《薛濤叢考》、《望江樓志》及集畢生研究於薛濤之張篷舟，其所著之〈薛濤詩箋‧生卒駁議〉，和陳文華之〈唐代女詩人考略〉等，其搜集資料之富，考證之詳，推理之縝密，皆令人嘆爲觀止。由於正史沒有立傳，墓誌湮沒不傳，故無論是享年、生年、卒時之月份，各家意見分歧，亦非在年遠日深的今日，可以立即解決的。

　　參閱諸家之說，將薛濤之卒年斷定在唐文宗大和六年（832），幾已趨於定論，亦達成共識。其卒年的確證，乃爲武元衡、劉禹錫之孔雀詩，以及白居易覆劉禹錫之書信。殆武元衡鎮蜀，作〈西川使宅有韋令公時孔雀存焉日與諸公同翫座中兼故府賓妓興嗟久之因賦此詩用廣其意〉〔註50〕，題云「故府賓妓」而詩云「美人傷蕙心」乃指薛濤。大和四年十月（830）李德裕受命入蜀充劍南西川節度使，至大和六年十二月還朝爲相。在任節度使後的次年秋，德裕建籌邊樓成，濤還寫過〈籌邊樓〉詩作爲稱賀，可知大和五年，濤尚在人世。南越饋獻孔雀之初，韋皋曾依薛濤之意，於使宅開池設籠供其棲息，有王建〈傷韋令孔雀〉詩「可憐孔雀初得時，美人爲爾別開池」爲證。德裕鎮蜀次年，孔雀死，大和六年，薛濤卒，李德裕爲此而作〈傷孔雀及薛濤〉詩，此詩已失傳。何以知李有此作，蓋其詩曾寄予蘇州刺史劉禹錫，劉有和詩，題爲〈和西川李尚書傷孔雀及薛濤之什〉（見《全唐詩‧劉禹錫》詩及《劉禹錫集》卷三七），詩云：「玉兒已逐金環葬，翠羽先隨秋草萎。唯見芙蓉含曉露，數行紅淚滴清池。」此詩首句傷薛濤之逝，次句傷孔雀之先死。又卞孝萱〈劉禹錫〉年譜載，大和六年十一

〔註50〕　《全唐詩》卷三一六，武元衡詩：「荀令昔居此，故巢留越禽。動搖金翠尾，飛舞碧梧陰。上客徹瑤瑟，美人傷蕙心。會因南國使，得放海雲深。」

月，白居易與劉禹錫的書信中，曾論及劉和李德裕之悼濤詩（又《淳
熙秘閣續法帖》亦記載）說：「乃至『金環、翠羽』之淒韻，每吟數四，
如清光在前，或復命酒延賓，與之同詠，不覺便醉便臥。」由是可知，
濤當卒於六年無疑。再加上段文昌再次鎮蜀之時，曾爲薛濤撰寫墓誌，
從而確認薛濤之卒於文宗大和六年（832），前賢識見，堪稱不刊之論。
只不過在死時的季節月份，以及享年，各有不同看法罷了。

四、藝術化才情

才華出眾的薛濤，除了在詩歌創作方面有所成就外，書法一藝，
亦名滿蜀都。北宋《宣和書譜》對其有極高的評價，在其〈行書〉卷
十下記云：

> 婦人薛濤，成都倡婦也。以詩名當時，雖失身卑下，而有
> 林下風致。故詞翰一出，則人爭傳以爲玩。作字無女子氣，
> 筆力峻激，其行書妙處，頗得王羲之法，少加少學，亦衛
> 夫人之流也。每喜寫已所作詩，語亦工，思致俊逸，法書
> 警句，因而得名。非若公孫大娘舞「劍器」〔註51〕，黃四
> 娘家花，託於杜甫而後有傳也。今御府所傳行書一。

按《四庫全書簡明目錄》云：「《宣和書譜》二十卷，不著撰人名氏，
皆載御府所藏墨蹟，終以蔡京、蔡卞、米芾，疑是三人所定也。」如
其所載，則北宋名書法家對濤字作此好評，足見濤之書法定有可觀之
處。又《古今圖書集成‧字學典》錄有南宋〈悅生堂所藏書畫別錄〉，
其內容寫：「賈似道留心書畫，家藏名蹟多至千卷，其宣和、紹興秘

〔註51〕 魏夫人乃晉汝隱太守李矩之妻，工隸書，得法於鍾繇。王羲之少嘗
師之。公孫大娘，唐教坊伎，能爲鄰里曲，又善舞劍器（舞蹈名，《樂
府雜錄‧舞工》謂之屬健舞類，即武舞，模擬戰爭狀態），獨出冠時。
吳人張旭善草書，嘗見大娘舞西河劍器，自此草書大進。又唐開元
五年（西元717），公孫大娘於鄴城廣場上舞"劍器渾脫"舞時，其
高超舞技爲當時年幼而親睹的杜甫所牢記，洎杜長，於夔州又見其
弟子李十二娘重舞"劍器渾脫"，稍後，在安史之亂大環境中不禁
撫今思昔，寫下〈觀公孫大娘弟子舞劍器行〉的史詩，反映五十年
來興衰治亂及詩人的萬端感慨。

府故物，往往請乞得之。今除顯赫名蹟載〈悅生古跡記〉者不綠，第錄其稍隱者，著於篇。（中略）有薛濤〈萱草〉詩。」由是可知北宋宣和年間，因宋徽宗趙佶本身即爲書畫家，故內府珍藏有薛濤眞跡〈萱草〉詩行書一卷。至南宋爲賈似道所得，賈伏誅之後，則不知落入誰手。元末詩人楊維禎〈答曹妙清詩〉提到「寫得薛濤萱草帖，西湖紙價可能高。」（《列朝詩集小傳》甲集）之句，則字帖於元代在浙地應猶尚存。遺憾的是，她的書法至今已無法親睹了！後人出於對薛濤的景仰與懷念，多有借濤名作字者，以致有〈錄陳思王美女篇〉和濤詩〈西巖〉等字跡傳世，經學者多加考證，皆斷係僞作贋品。今人張蓬舟先生注釋元稹〈寄贈薛濤〉詩中「菖蒲花發五雲高」之句，說係引盛唐書法家韋陟之「五雲體」以稱譽濤字，所見甚是〔註52〕。

　　從上所述，可知薛濤詩藝頗受當時文人青睞，又寫得一手好書法，倘若沒有質佳又別緻的紙材予以流傳，焉能受到格外的珍愛與重視。因此，薛濤獨樹一幟的創製「薛濤箋」，便在林林總總的典籍中傳揚開來，更爲其藝術才情憑添光彩。

　　「薛濤箋」之名最早見於晚唐李匡乂《資暇集》。在其書卷下記載：

　　　　松花箋代以爲薛濤箋，誤也。松花箋其來舊矣。元和初，薛
　　　　濤尚斯色，而好製小詩，惜其幅大，不欲長，乃命匠人狹小
　　　　之。蜀中才子既以爲便，後減諸箋亦如是，特名曰「薛濤箋」。

其後，沿其說者有南宋計有功《唐詩紀事》、元費著《箋紙譜》、明胡震亨《唐音癸籤》等。而薛濤箋是在蜀地既有的製箋基礎上發展而後脫穎而出。因此明字度《益部談資》卷中謂：「蜀箋古已有名，至唐而後盛，至薛濤而後精。」是蜀箋之盛，由來久矣〔註53〕。又薛濤箋

〔註52〕張蓬舟認爲：「五雲」一詞，乃引盛唐韋陟善書，「自謂所書『陟』字若五朵雲。時人慕之，號郇公五雲體。」用以稱譽濤之書法也。明人祝允明《雜題畫景》亦有句云：「五雲樓閣女仙居」「知是成都薛校書」足見濤之書法定有可觀。

〔註53〕杜甫寄高適詩有「巴箋染翰光」句，可知蜀箋唐時已盛，及至薛濤，

一名浣花箋，以其脫離樂籍移居浣花溪一帶，僑止百花潭，此處正是唐代蜀中造紙業的中心（註54），故南宋祝穆《方輿勝覽》卷二言「唐薛濤家（百花）潭旁，以潭水造十色箋，名浣花箋。」以及明《寰宇通志》成都土產箋條云「唐薛濤造十色箋」下引李商隱〈送崔珏往西川詩〉：「浣花箋紙桃花色」及韓浦寄弟詩云：「十樣蠻箋出益州，寄來新自浣溪頭」，皆是證明薛濤造箋於浣花溪頭的最佳說明。

薛濤製箋，非本人親製，亦非以造紙為業，南宋祝穆《方輿勝覽》卷二及明人屠隆的《考槃餘事》卷二皆謂薛濤「以紙為業」。然證之於《資暇集》及《蜀牋譜》，則知薛濤製箋，不過命匠為之，以供題詠，既非躬親自撰，亦非以此為業，張篷舟亦主此說。另有持相反意見者，以為如《益部談資》所云蜀箋「至唐而後盛，至薛濤而後精」則應有一定程度上的稱頌與肯定。是故明宋應星於《天工開物》卷十三〈殺青‧造皮紙〉中說：「四川薛濤箋，亦芙蓉皮為料煮糜，入芙蓉花末汁。或當時薛濤所指，遂留名至今。其美在色，不在質料也。」又《蜀檮杌》卷下，言五代後蜀孟昶於成都「城上盡種芙蓉，九月間盛開，望之皆如錦繡。昶謂左右曰：『自古以蜀為錦城，今日觀之，真錦城也。』」此皆進一步說明薛濤箋的製造，利用了「地利」這一豐富的原料，而有所革新造紙染色工藝，因而曰：「至薛濤而後精」乃實至名歸。彭芸蓀及天問則持此看法，並強調她對製箋染色技術的認真研究。

關於「薛濤箋」的尺幅及花樣，據《中國造紙技術史稿》第十二章第二節之研究，從漢魏至宋，紙的尺幅逐漸增大，而寫作詩文書簡的

乃譽滿天下。

〔註54〕證之於《全唐詩》卷三三二載元和時資州刺史羊士諤〈都城從事蕭員外寄海梨花詩盡綺麗，惠然遠及〉詩：「浣花春水膩魚箋」句；又卷四八七鮑溶〈寄王播侍御求蜀箋〉詩載：「蜀川箋紙彩雲初，聞說王家最有餘、野客思將池上學，石楠紅葉不堪書。」又同書卷六七六載晚唐鄭〈蜀中〉詩：「蒙頂茶畦千點露，浣花箋紙一溪春。」均是唐憲宗元和以來，浣花溪造紙業興盛之說明。元人費著《蜀箋譜》更謂：「浣花潭水造紙佳」亦是明證。

應用則不一定需要大尺幅。因此，薛濤於前人的基礎上創製小尺幅彩箋，既符合當時詩文寫作之需要，亦輕巧便利，加上女詩人的靈慧巧製及峻秀書法，遂得士人廣泛喜愛。職是之故，除李匡乂《資暇集》明言在先之外，餘如錢易《南部新書》、計有功《唐詩紀事》、辛文房《唐才子傳》、徐炬明《事物原始》所載，其義皆同。《太平寰宇記》卷七二〈劍南西道‧益州〉條下載土貢云：「舊貢薛濤十色箋，短而狹，才容八行。」由此可見薛濤箋當時之規模。故明胡震亨〈唐音癸籤‧談叢〉謂「詩箋始薛濤」，正說明其尺幅改小，便於寫詩，作箋用也。

　　又薛濤箋之色彩，向以深紅色為主。證之薛濤詩作〈十離詩‧筆離手〉言「紅箋紙上撒花瓊」句，及同時詩人范元凱〈贈兄崇凱〉詩云：「蜀地紅箋為弟貧」、加上薛濤〈寄舊詩與元微之〉詩也道：「長教碧玉藏深處，總向紅箋寫自隨。」都說明薛濤自用詩箋為紅色。唐五代詩人亦多有題詠薛濤箋的，如晚唐李商隱《李義山詩集》卷五之〈送崔珏往西川〉詩有「浣花箋紙桃花色，好好題詩詠玉鈎」句，《全唐詩》卷七〇〇載五代韋莊〈乞彩箋歌〉有「留得溪頭瑟瑟波，潑成紙上猩猩色……也知價重連城璧，一紙萬金猶不惜。薛濤昨夜夢中來，殷勤勸向君邊覓。」當中猩猩色即紅色。又同書卷七一四五代崔道融〈謝朱常侍寄貺蜀茶剡紙〉詩云：「百幅輕明雪未融，薛家凡紙漫深紅」，足見薛濤箋之風行久遠且以紅色為主，而元費著《蜀箋譜》所謂「濤所製箋，特深紅一色爾。」其言良是也。惟宋代以後，後人多根據唐李肇《國史補》卷下所言蜀中已有十色箋之說〔註55〕，遂將十色箋附會於薛濤所創，從而將薛濤箋一名稱為十色箋，又習名鸞箋，又作蠻箋〔註56〕，率皆輾轉附會而傳，而松花箋一說更與薛濤箋

〔註55〕　《唐國史補》云：「紙有蜀之麻面、屑末、滑石、金花、長麻、魚子、十色牋。」

〔註56〕　宋李石《續博物志》卷十言「薛濤造十色彩箋以寄（元稹）」，樂史《太平寰宇記》亦說：「益州舊貢薛濤十色箋」，祝穆《方輿勝覽》云「（薛濤）以潭水造十色箋」，屠隆《紙墨筆硯譜》云：「（薛濤）制十色小箋」皆是稱薛濤箋為十色箋之例。所謂「十色箋」，即深江、粉紅、

無甚關聯矣，近人張篷舟於《薛濤詩箋・松花箋考》中有詳盡說明，此處不做略美之述。

薛濤箋對蜀箋的興盛有一定貢獻，據李肇《國史補》及何宇度《益部談資》之記載，儘管當時蜀中已有十色箋，在其流行不甚廣的環境下，薛濤改進發展了其中的紅色箋紙，使其風行於世，以至於後來的十色箋也冠以薛濤之名。而蜀箋自古即名聞全國，至薛濤而後更為精美，至此蜀人制箋，不僅染成不同顏色，也有不同花樣，誠如《蜀箋譜》所言「為人物花木，為蟲鳥鼎彝」無不各臻其妙。於是，箋以詩人為貴，影響所及，有將薛濤製箋事傳為神話者，如明包汝楫《南中記聞》所載〔註57〕；有視薛濤箋為奇珍異寶者，如明《今古奇觀》卷三十四所言：「（薛濤）就浣花水造成小箋，名曰『薛濤箋』。詞人墨客，得了此箋，猶如拱璧，真正『名重一時，芳流百世』」；屢為宋、元、明、清詩人等相續歌詠〔註58〕之。可見名伎韻事，根植人心之深，而薛濤箋竟成了精緻箋紙的代稱。

第四節　作品所展現詩人的生活

「詩言志，歌詠言」，詩人的謳歌，常是自己生活的寫照。薛濤是位落難才女，身世佚蕩，她的詩作，不是「為賦新辭強說愁」，而

杏紅、明黃、深青、淺青、深綠、淺綠、銅綠、淺雲十色，又有松花、金沙、流沙、彩霞、金粉、桃花、冷金等別名。至於蠻箋（鸞箋）之說，則見韓浦〈寄弟泊蜀箋〉詩云：「十樣蠻箋出益州」，元人袁桷《清容居士集》卷十三〈薛濤箋〉詩：「十樣蠻箋起薛濤，黃荃禽鳥趙昌桃。」及明胡震亨《唐音癸籤》卷二十九：「（薛濤）其箋染潢作十種色，故詩家有十樣蠻箋之語。」此為蠻箋之稱由來也。

〔註57〕《南中紀聞》云：「薛濤井在成都府，每年三月三日，井水泛濫，郡人攜佳紙向水面拂過，輒作嬌紅色，鮮灼可愛，但止得十二紙，遇歲閏，則十三紙，以後遂絕無顏色矣。」

〔註58〕宋人石介詩云：「花映溪光瑟瑟奇……樣傳仍自薛濤時。」；元袁桷詩云：「十樣蠻箋起薛濤，黃荃禽鳥趙昌桃。」；明劉道開詩云：「檀莘布雜桃榔麵，文君錦間薛濤箋。」；清邵颿詩云：「珍重城南薛校書，詩成殘夢夜窗虛。蠻箋十幅如紅杏，好寄秦淮尺半魚。」

是表現其才情描寫生活的藝術作品。隨著歷史的煙靄，詩人的美麗與哀愁已遠去，且讓吾人細品其作，一窺她為詩而詩，為生活而生活的藝術生命。

一、詩讖一生

南宋章淵《槁簡贅筆》、明鍾惺《名媛詩歸》、《全唐詩・薛濤小傳》及《青樓詩話》皆記載曰：

> 唐妓薛濤，八九歲知聲律，其父一日坐庭中，指井梧而示之曰：「庭除一古桐，聳幹入雲中。」令濤續之，應聲曰：「枝迎南北鳥，葉送往來風。」父愀然久之。

薛濤所應接的這兩句詩，的確展現她童年時期過人的才華。唯此吐屬不凡，凝聚著其幼年智慧的詩歌，竟成為日後薛濤生活的讖語。畢生多舛的經歷，以及與家庭生活的絕緣，皆應證在送往迎來的詩讖中，只有孤寂地結束她的人生旅程，真可謂「偶吟桐葉落人間，始悔才名半生誤。」(清・張懷溥〈吟詩樓〉)觀其一生，未曾真正有過舒泰的日子，因此，清人劉楚英有詩云：「節度誰知女校書，生來枝叫幾曾舒。」不啻為薛濤生活的最佳真實描繪。

二、感情生活

愛情是兩性情感傾慕的實現，也是歷來中國詩人對生命自由的嚮往。於是才子佳人敞亮心靈世界的溫馨細膩、浪漫與感傷、渴望與執著，透過精美含蓄的詩語，娓娓道出最真摯的兩性情事。

特殊的生活道路，使薛濤成為封建社會中一位追求自由愛情的女性。就其〈池上雙鳥〉言「雙棲綠池上……同心蓮葉間」以及〈秋泉〉：「長來枕上牽情思，不使愁人半夜眠」可知詩人內心渴望追求愛情及尋覓知音之迫切。而〈柳絮詠〉所表達鄙視柳絮「春風搖蕩惹人衣」、「一向南飛又北飛」，更明確說明薛濤的愛情觀。由於她風華絕代，卻又揮不掉依附達官權貴的事實，也只能作「他家本是無情物」(〈柳絮詠〉)的慨嘆。在〈送鄭資州〉一詩中，薛濤以「離人

掩袂立高樓」的形象傳達自己的悲苦，並於結句運用〈陌上桑〉中羅敷的典故〔註59〕，以示別離後自已對感情的忠貞。此外〈別李郎中〉詩，薛濤以「花落梧桐鳳別凰」之意象暗喻此離別的性質，結尾謂「安仁縱有詩將賦，一半音詞雜悼亡」用以強調此次生離死別的內心憂傷。由此可知，薛濤因其身份的殊異，更有多次的戀愛對象，在感情豐富的天性中，她對愛情處理的態度始終是純潔而嚴肅的。她以〈蟬〉詩：「露滌音清遠，風吹故葉齊。聲聲似相接，各在一枝栖。」的高潔自喻，一方面也訴說熱鬧紛繁的生活裏所隱藏的寂寥落寞，以及坦然面對不爲世俗禮法所羈的交際生活。處在倡伎生活的環境中，薛濤不改她恃才自負的個性，正因爲這個緣故，她更希冀追求平等、忠誠的夫妻關係，身份所遺留予她的名節，早已不是個人所能左右的事實。因此，在〈春望詞〉四首之三：「風花日將老，佳期猶渺渺。不結同心人，空結同心草。」沈痛地抒寫自己愛情理想破滅後的悲憤心緒。

　　薛濤詩集中的贈答詩，常有男女共鳴的情愫，或以爲她用情不專，是位樂天驕女，實則篇篇牽動著她的離愁別恨，而呈現出悲懷抑鬱、知音難得的生活寫照。白居易〈贈薛濤〉：「峨眉山勢接雲霓，欲逐劉郎此路迷。若是剡中容易到，春風猶隔武陵溪。」一詩，首二句言蓬山高遠，難以追及，後二句則明言元稹於越州（剡中地在越州）監察使任上，愛上「篇韻雖不及濤，容華莫之比也。」的歌伎劉采春〔註60〕。而元劉二人正沈醉在武陵仙境的春風中，已無容濤之地也。綜觀全詩，明顯可知白氏勸導薛濤勿再癡情迷戀元稹之心意。職是之

〔註59〕〈送鄭資州〉結句謂「獨有羅敷望上頭。古樂府〈陌上桑〉述邯鄲秦氏女羅敷，爲邑人王仁之妻。王仁後爲趙王家令。羅敷外出採桑於陌上，趙王見而欲奪之。羅敷作〈陌上桑〉以自明。

〔註60〕詳見〈雲溪友議・艷陽詞〉。又元稹題詩予劉采春云：「新妝巧樣畫雙蛾，慢裏恆州透額羅。正面偷輪光滑笏，緩行輕踏皺文靴。言詞雅措風流足，舉止低迴秀媚多。更有惱人腸斷處，選詞能唱望夫歌。」可知元劉形同魚水，情同夫婦。

故，儘管薛濤〈贈遠〉一詩對意中人元稹以夫妻自況，又於〈寄舊詩與元微之〉一詩中表現不客氣的自負〔註61〕，但是她仍無法一如平凡人與意中人共組美滿的家庭生活。在現實生活中的薛濤，徒增感嘆之餘，只能更哀婉地唱出：「唱到白蘋洲畔曲，芙蓉空老蜀江花。」（〈酬杜舍人〉）；「憑闌卻憶騎鯨客，把酒臨風手自招。」（〈西巖〉）；「借問人間愁寂意，伯牙弦絕已無聲。」（〈寄張元夫〉），直到晚年，終生未字，「孤鸞一世，無福學鴛鴦」（樊增祥〈滿庭芳〉）正是她感情生活的註腳。而於此顛躓的愛情生涯中，詩人所寫的心靈謳歌，真實地反映她在時代風尚中所流露擇善固執的真摯情性。

三、交友遊踪

現在薛濤詩集中，除已知之七位節度使及三位名士有詩證與之唱和外，其餘交遊之對象約可分為：

　　（一）有姓氏、官銜、排行而無名字者，有十六人；

　　（二）為姓氏、官銜及排行均無，確為與人唱和者，則有四首；

　　（三）為確知姓名者，有僧廣宣、韋正貫、蕭士玫、李程、張元夫、段成式等。

從薛濤的唱和、酬寄詩中，不難體會她的社交範圍是權傾一方的節度使，和名重一時、詩傳千古的名人，或是幕府佐僚、貴胄公子和禪師道流，過的是「門前車馬半諸侯」的交游生活。其中如〈賊平後上高相公〉、〈續嘉陵驛獻武相國〉二詩〔註62〕，除極寫西川地區經劉

〔註61〕〈贈遠〉之二：「芙蓉新落蜀山秋，錦字開緘到是愁。閨閣不知戎馬事，月高還上望夫樓。」可見薛濤以夫婦自況。〈寄舊詩與元微之〉：「詩篇調態人皆有，細膩風光我獨知。月下詠花憐暗澹，雨朝題柳為欹垂。長教碧玉深藏處，總向紅箋寫自隨。老大不能收拾得，與君開似好男兒。」儼然自負的語句，道出詩人的才氣與風格。

〔註62〕〈賊平後上高相公〉：「驚看天地白荒荒，瞥見青山舊夕陽。始信大威能照映，由來日月借生光。」又〈續嘉陵驛詩獻武相國〉：「蜀門西更上青天，強為公歌蜀國弦。卓氏長卿稱士女，錦江玉壘獻山川。」前首詩之稱許有光榮拓落之氣，後者則為對武元衡之品隲，俱為當矣！

關之亂後的荒涼景象及蜀道之艱難外，對高崇文、武元衡之文治武功亦多讚美。又如〈摩訶池贈蕭中丞〉一詩中「淒涼逝水頹波遠，惟有碑泉咽不流」和〈送姚員外〉：「萬條江柳早秋枝，裊地翻風色未衰。欲折爾來將贈別，莫教煙月兩鄉悲。」二首詩不論是感舊懷今，抑折柳送別，皆是感情深摯的佳篇。而〈春郊游眺寄孫處士〉第二首「今朝縱目玩芳菲，來繞籠裙繡地衣。滿袖滿頭兼手把，教人識是看花歸」表面寫得五彩繽紛，花團錦簇，卻掩蓋不住詩人內心的酸楚。一如上述，皆可充分反映女詩人的交友認真心態，而詩作呈現的交游廣闊更展示女詩人的生活世界和感情經歷，亦顯露她睥睨世俗的自信卻又風采不減的才華。

薛濤成長於四川，亦卒於四川。但幕府生活的狹窄見聞，並不能滿足詩人熱情活潑的才性。自有松州之行後，她有意識地投身大自然的懷抱，盡情地在自然與心靈之間構築藝術的虹橋，眞至晚歲移居浣花溪畔，僑止百花潭，皆與自然山水共徜徉。觀其詩作如〈秋泉〉之「冷色初澄一帶煙，幽聲遙瀉十絲弦」；〈採蓮舟〉之「風前一葉壓荷蕖，解報新秋又得魚。」；〈菱荇沼〉之「水荇斜牽綠藻浮，柳絲和葉臥清流」；〈斛石山書事〉之「今日忽登虛境望，步搖冠翠一千峰」……皆是女詩人將其細膩感覺和婉約柔情移植到一個芬芳馥郁的詩歌苑囿中。

此外，現存濤詩中，知其行蹤遊歷之處，除成都附近外，尚有榮州（今榮縣）、簡州（今簡陽縣）、嘉州（今樂山縣）、渝州（今重慶市）、夔州（今奉節縣）等地，惟皆在川境。分別寫下了〈題竹郎廟〉〔註63〕、〈江月樓〉和〈西巖〉〔註64〕、〈賦凌雲寺〉二首〔註65〕、〈海

〔註63〕 竹郎廟在四川榮縣，唐時稱爲榮州。《蜀中名勝記》：「邑東榮州即古遁水河。岸有竹王祠，蓋以祀夜郎王者。薛濤〈題竹郎廟〉云。」

〔註64〕 《薛濤詩箋》引《蜀景彙孝》曰：「江月樓在簡州東，下臨赤、雁二水，壯麗甲於西蜀。」又《蜀中名勝記》引《蜀志補蟫》云：「西巖在簡州湧泉鎮，有石刻大悲像，光相屢現。」《蜀中詩話》指此西巖位於簡州。故江月樓、西巖俱位在簡州境內。

〔註65〕 凌雲寺位樂山城凌雲山上，古刹殿宇宏偉，寺旁有路可以直上蘇子

棠溪〉〔註66〕、〈謁巫山廟〉〔註67〕等山水記行之作。由此可見，大自然已成爲薛濤藝術生命和詩歌天地裡的一片芳洲。

四、坎坷遭遇

貞元年間，時韋皋鎮蜀，南越饋獻韋皋一孔雀，皋依薛濤之意，於使宅開池設籠，並有王建〈傷韋令孔雀〉詩：「可憐孔雀初得時，美人爲爾別開池。」爲證。已如前節所述。此後據後蜀何光遠《鑑戒錄》卷十記載：

> 濤每承連帥寵念，或相唱和，出入車魚，詩達四方，名馳上國。應銜命使者每屆蜀，求見濤者甚眾，而濤性亦狂逸，不顧嫌疑，所遺金帛，往往上納，韋公既知且怒，於是不許從官，濤作〈十離詩〉以獻，情意感人，遂復寵召，當時見重如此。

正因爲濤性狂逸又年輕，不諳官場中事，代皋接受賄禮或有所張揚，從而有損韋皋政聲，故有韋皋罰薛濤赴松州一事。再者，《舊唐書・韋皋傳》亦記載韋皋對其屬下官吏「多不令其還朝，蓋不欲泄所爲於闕下故」。基於同一緣故，薛濤被罰赴松州，自是情理中事。薛濤身不由己地滿懷悲憤被罰赴松州（今四川松藩縣，當時此處是抵禦吐蕃的邊防城鎮）以宦門女子之嬌弱赴邊城，投充軍伎，其心情之淒惶顫慄可知，故有〈罰赴邊有懷上韋相公〉詩二首。其一曰：「黜

樓，入門便是集東坡詩句的聯語：「人生惟有讀書好，載酒時作凌雲遊。」凌雲山受詩人鍾情由此可見一般。何宇度《益部談資》：「雲山與嘉州對岸，石壁鑴千佛，內彌勒像，首攢峰頂，趾蘸江水，高三百六十尺。唐韋皋所造。寺之殿閣磴道，依山盤曲，前望峨嵋三峰，下俯眉雅諸水，眞江水輻輳處也。」

〔註66〕海棠溪在四川省重慶市南岸，黃山青水溪。《蜀中名勝記》引楊慎《蜀志補蟬》云：「青城山有一百八景，風日佳時，登儲福宮望之，歷歷可數。海棠溪即其一也。」

〔註67〕巫山廟，即巫山神女廟，故址在今四川巫山縣巫山飛鳳峰麓。宋玉〈高唐賦〉：「昔者楚襄王與宋玉遊於雲夢之臺，望高唐之觀。」即指此廟。

虜猶違命，烽煙直北愁。卻教嚴譴妾，不敢向松州。」正是因事獲怨，罰赴行前將自己命運放到時代背景中做一對照的吶喊，其情可憐，其苦難訴！其二曰：「聞道邊城苦，而今到始知。卻將門下曲，唱與隴頭兒。」則更深沈地表達了自己被罰赴邊城的哀怨心情。「門下」是權貴之家，「隴頭兒」是邊防士卒，由朱門而到邊城，對薛濤而言是生活的一大轉變。在赴松州之途，她亦寫了〈罰赴邊上韋相公〉二首，描述旅途艱苦及寒徹腸斷的惡劣氣候，乞求能承蒙開恩赦還。一位以詩事人的纖弱女子，固然無權過問、也無權干涉國家大事，卻動輒得咎，被罰赴邊防，儘管詩中沒有悲切的哭泣和辛酸的字眼，但句裏行間卻汨汨不斷地流露出艱難的處境，和悲愴的情感，反映詩人坎坷的生活遭遇。

松州是西川的邊陲，抗拒吐蕃的前線，薛濤除了把邊塞索漠之景與內心幽怨結合起來，寫下了〈罰赴邊有懷上韋相公〉及〈罰赴邊上韋相公〉詩外，為了進一步申辯委屈，還寫了借物陳情，懺悔往事的〈十離詩〉，借以表達悵惘之情。關於〈十離詩〉與薛濤受賄之事，后人之說頗有歧異〔註68〕，但自元明以後即已失傳的晚唐詩人韋莊《又玄集》（今見濤詩最早之選本）再度傳回國內後，從其中所載薛濤〈罰赴邊有懷上韋相公詩〉，及〈十離詩〉中的「犬離主」觀之，則〈十離詩〉確為薛濤所作，已成定論。或以為〈十離詩〉詩格卑下〔註69〕，此乃疏略薛濤彼時被罰充軍伎的悲慘境地，致使涉世未深，以才藝娛人的弱女子暴露形勢使然的無奈，藉〈十離詩〉

〔註68〕歷來關於〈十離詩〉約可分為三種說法。其一，為此詩非薛濤所作。其根據是五代南漢王定保《唐摭言》卷十二之記載，以為是薛書記擊傷元稹猶子（即姪子）遂遭驅逐出幕，後獻詩予元稹。之後計有功《唐詩紀事》卷四十九「薛書記」部份，即根據《唐摭言》亦重複是載。其二，如五代何光遠〈鑒戒錄〉所云，以為是薛濤觸怒韋皋而後作。之後，又《四庫全書》之〈薛濤詩集·五離詩〉下注：「濤為連帥所知，因事獲怒而遠之，作五離詩以獻，遂復喜焉。」其三，《全唐詩》則以為薛濤因事獲怒元稹，而作十離詩以獻。

〔註69〕清陸昶《歷代名媛詩詞》卷六：「〈十離詩〉殊乏雅道，不足取也。」

沖淡並忘掉污濁卑賤的現實，以求心靈的自我慰藉與昇華，而達到高潔的心境。今觀〈十離詩〉之內容，分別是犬離主，筆離手、馬離廐、鸚鵡離籠，燕離巢、珠離掌、魚離池、鷹離鞲、竹離亭、鏡離臺，因每首均有「離」字，故謂〈十離詩〉。而所表達內心的苦衷和憤懣不平，則可見於「近緣咬著親知客，不得紅絲毯上眠。」（〈犬離主〉）；或是「為驚玉貌郎居墜，不得華軒更一嘶。」（〈馬離廐〉）；或則「為緣春筍鑽牆破，不得垂陰覆玉堂。」（〈竹離亭〉）。

　　總而言之，薛濤由於處於唐安史亂後，朝廷黨爭日烈，地方藩鎮專橫，統治者內部互相傾軋的時代，其被罰赴松州之詩作或是〈十離詩〉，多少皆含有是非曲直與歷史原因。加上唐代武將對官伎往往享有特別的支配權利，各鎮節度使以擁有土地、兵甲、賦稅三大權而勢力遠超過文官，故武將節度使常常任意調動倡伎，或陪宴助興、或賞賜罰逐。因此，官伎營伎之命運全由他們掌控。薛濤置身如此複雜的環境中，又希求潔身自好，故從其詩中，我們不難理解她的艱難處境和權貴淫威下的痛苦心情。由此，除了同情詩人的坎坷遭遇外，亦不忍苛責她於〈十離詩〉中不惜貶損自己的人格而求憐憫與寬恕，致使風格不免失之牢下的缺憾。

五、愜意點滴

　　儘管薛濤不幸流於樂籍，又不以名節顯聞；然猶幸陷於倡籍，以才自拔，故能往來翰苑名流與幕府佐僚。正由於高官名士與之折節訂交，使其宛如「色比丹霞朝露」的明珠，而除籍之後晚年生活的自我昇華與寄情花草，益顯出她蒼勁的傲節。薛濤有詩〈酬人雨後玩竹〉道：「南天春雨時，那鑒雪霜姿。眾類亦云茂，虛心寧自持。多留晉賢醉，早伴舜妃悲。晚歲君能賞，蒼蒼勁節奇。」正是她生平寫照，也說明她心志出俗，不囿於愛情現實的桎梏。自此，她走出人間俗世雜念的圈子，進入自然天地的芬芳。薛濤暮年著女冠服往來浣花溪畔，沈浸於自由、浪漫且愜意的詩人生活，而疏懶於官場酬酢，故有

詩〈試新服裁製初成〉:「長裙本是上清儀」言其當時多著女冠服並屏
居於百花潭附近。至於居處則種滿菖蒲及枇杷花〔註70〕,並寫有「紅
開露臉誤文君」(〈朱槿花〉)、「曉霞初疊赤城宮」(〈金燈花〉)、「競將
紅纈染輕紗(〈海棠溪〉)……等充滿紅色花海的詩句。不論是居所,
抑是詩作,抑是名重一時的深紅薛淺小箋,皆流露她對愜意生活的渴
望與熱情活潑的內心世界。質言之,薛濤淒涼的身世、藝術的生活、
過人的才情,是值得世人予以公允評價的,正如明人樊增詳所作〈滿
庭芳〉詞,即是最恰當的註解:

> 萬里橋邊,枇杷花底,閉門銷盡爐香。無福學鴛鴦。十一
> 西川節度,誰能捨女校書郎。門前井,碧桐一樹,七十五
> 年霜(?)。琳瑯詩卷,元明棗本,佳話如簧。自微之吟歊
> 付春陽。恨不紅箋小字,桃花色自寫斜行。碑銘事,昌黎
> 不用,還用段文昌。〔註71〕

〔註70〕 《唐才子傳》稱:「濤種菖蒲滿門」;《牧豎閑談》及《名媛詩歸》卷
十三皆謂「元公贈薛濤詩『菖蒲花發五雲高』,薛濤嘗好種菖蒲,故
有是句。」吳旦生《歷代詩話》謂:「《本草》:菖蒲無花實,有爲端。
故古詩云:『菖蒲花可憐,聞名未相識』。張籍詩:『深恩已去若再返,
菖蒲花開月長滿』。《南史》:張后方孕,見庭中菖蒲花開,光采非常。
后曰:『常聞見菖蒲花者必貴。』因取呑之,遂生梁武帝。故李長吉
詩:『風采出蕭家,本是菖蒲花。』」據此,則菖蒲乃指一種祥瑞之
物,甚難得見,不僅云濤好種菖蒲,又藉以喻濤爲難得之人也。《益
部談資》云:「濤晚歲居碧雞坊,王建贈詩有『枇杷花裏閉門居』之
句。是濤於菖蒲花外,又別種枇杷花也。」又據《柳亭詩話》云:「駱
谷有琵琶花,與杜鵑相似,後人不知,改爲枇杷。」而《名媛詩歸》
載王建贈詩正作琵琶。
〔註71〕 見明刻《薛濤詩》扉頁題詞,轉引自《薛濤詩箋》頁78。

第三章　薛濤的詩歌創作

　　唐代為中國詩歌文學璀璨的時代，詩歌創作儼然已成為當代士人的主要活動。薛濤處於這個歷史文苑中，汲取了絢爛篇章的菁華，浸淫在異彩紛呈的詩風中，從而與唐代群芳競妍，開創自己的詩歌天地。

第一節　中唐的詩壇大勢

一、文學史上的中唐

　　中唐在文學史上的地位，陳寅恪在《金明館叢稿初編‧論韓愈》中曾明確地指出：

> 唐代之史，可分前後兩期。前期結束於南北朝相承之舊局面，後期開啟趙宋以降之新局面。關於政治、社會、經濟者如此，關於文化學術者亦莫不如此。

緣此，則中唐詩歌文學配合著唐代文化背景，自有其文學史上的定位，揆諸明高棅《唐詩品彙》中所選之詩家及詩作數目，則中唐詩歌之盛不下於盛唐。蓋盛唐是政治經濟的全盛時期，而詩文並非僅盛於盛唐。至於中唐文學背景所透顯的政治衰微、國計民生凋蔽、軍人跋扈、宦官專權等跡象，使得中唐詩壇卻因大時代環境的改變而人才輩出，遠超過盛唐。此時無論是文學理論，或是詩文創作，

在古典與創新的繼承和發展方面，均呈現群芳並起的繁榮氣象，並使文化領域產生不少衝擊。如此活躍的中唐詩壇，究竟爲文學史上留下了何許的重要性，清人葉燮在《已畦集》卷八之〈百家唐詩序〉中，提出他的卓見：

> 吾嘗上下百年，至唐貞元，元和之間，竊以爲古今文運詩運至此時爲一大關鍵也。是何也？三代以來，文運如百谷之川流，異趣爭鳴，莫可紀極。迨貞元、元和之間，有韓愈出，一人獨立而起八代之衰。自是而文之格之法文用，分條共貫，無不以是爲前後之關鍵也。三代以來，詩運如登高之日上，莫司復踰，迨貞元、元和之間，有韓愈、柳宗元、劉長卿、錢起、白居易、元稹輩出，羣才競起，而復八代之盛。自是而詩之詞之格之聲之情，鑿險出奇，無不以是爲前後之關鍵也。……貞元、元和之際，後之稱詩者胸無成識，不能有所發明，遂因其時以差別，號之曰中唐，又曰晚唐。不知此「中」者，乃古今百代之中，而非有唐之所獨得而稱「中」者也。

由上可知，中唐是中國文學史前、後期的一個樞紐，同時也是文由駢入散，詩由唐入宋的關鍵。

二、中唐詩壇風貌的遞嬗

中唐的文學地位既已確立，則其詩壇的遞嬗大勢亦不可小覷，殆此對薛濤的詩歌創作或有相當程度的影響。中唐詩壇於貞元、元和之際，韓孟元白等名家崛起，伴隨著此等作家所呈現的詩歌風貌，形成一股詩人「爲歌生民病」而創作的大潮流與大趨勢。職是之故，詩壇遂分三大主流：其一，爲劉長卿、韋應物、柳宗元及大歷十才子〔註1〕所形成的山水清音一派，以行旅山水題材見長，多數繼承王維詩風的衣缽。其二，是韓愈、孟郊的艱險奇詭，創作傾向爲吐奇驚俗，欲糾

〔註 1〕 所謂大歷十才子，乃指唐代宗大歷年間之錢起、韓翃、盧綸、李端、吉中孚、司空曙、苗發、崔峒、耿湋、夏侯藩等十位詩人，其詩篇絕句佳作不少而創格不多。

正大歷十才子的平庸詩風，冀以風骨振律體之靡﹝註2﹞。其三，爲「制到長慶辭高古，詩到元和體變新」﹝註3﹞的元和詩風，主要以元稹、白居易爲代表，其精神在於以社會題材救吟風弄月不切世情之弊。此三大主流都或深或淺地反映國勢民生，左右著中唐詩人的詩歌體製、藝術技巧、題材運用及精神主題，而「元和體」與中唐詩壇的脈絡及轉變，更有著息息相關的關鍵地位。

　　關於「元和體」的內涵，歷來有不同意見的討論，如李肇《國史補》卷下云：

　　元和（唐憲宗）以後，爲文筆則學奇詭於韓愈，學苦澀於樊宗師；歌行則學流蕩於張籍；詩章則學矯激於孟郊；學淺切於白居易，學淫靡於元稹，俱名爲元和體。

依此言之，則元和體包括了文章、歌行、詩等三種文學體裁。至於文章的「奇詭」「苦澀」，歌行的「流蕩」及詩篇的「矯激」、「淺切」、「淫靡」都說明中唐文壇上創作風潮的流變及風靡所趨，也符合了白居易「詩到元和體變新」的看法。李肇接續又言：「大抵天寶之風尚黨，大歷之風尚浮，貞元之風尚蕩，元和之風尚怪也。」如此前說「學淺切於白居易」，後之謂「元和之風尚怪」，正突顯「元輕白俗」﹝註4﹞的詩歌特質及韓愈、孟郊出奇制勝的文學路子。二者同是由雅而俗的

─────────────────

〔註2〕　蘇東坡謂「詩之美者，莫如韓文公，詩格之變始於韓。」又趙翼《甌北詩話》言「昌黎本色，仍在文從字順中，自然雄厚博大，不可捉摸，不專以奇險見長。」可知詩至韓愈，不僅格律奇變，而且內容雄渾。韓愈評孟郊之詩則道：「其爲詩劇目銃心，鈎章棘句，神施鬼設，間見層出」，而孟郊之詩風骨遒勁，二人對後世皆有深遠影響。

〔註3〕　此爲白居易於〈余思未盡加爲六韻重寄微之〉詩中對元白二人的贊美與自評。在自注云：「眾稱元白爲千字律詩，或號元和體」中，白居易意識到了「元和體」詩對當時詩風變新的作用。

〔註4〕　蘇軾〈祭柳子玉文〉曾以「元輕白俗」品評元稹、白居易詩風，明確地標舉當時發生文壇影響力所形成的風氣不在「淺切」、「諷喻」，此不過是外衣，裏其中的內涵是爲「通俗」。所謂「輕」、「俗」，乃與傳統的「雅」相對而言。故白氏自謂「詩到元和體變新」，此新便在「通俗」。

文壇走向,在中唐文學史上二水分流。此外宋王讜《唐語林‧文學類文宗欲置詩學士》條下引李珏奏語稱:

> 臣聞憲宗爲詩,格合前古,當時(憲宗)輕薄之徒,摘章繪句,聱牙崛奇,譏諷時事。爾後鼓扇名聲,謂之元和體,實非聖意好尚如此。

據此,則元和體主要指「譏諷時事」之作,然李珏之話屬「奏語」,有明顯的政治目的與作用,旨在歸罪於「譏諷」,但仍不能不依附於「輕薄之徒,摘章繪句」、「鼓扇名聲」,此皆與「輕」、「俗」有關。對元稹、白居易而言,後者已自認元和新體指「千字律」,屬「摘章繪句」之類;前者則認爲元和體可分爲二類,一爲次韻相酬,窮極聲韻的長篇排律,二爲杯酒光景間的小碎篇章,故在〈上令狐相公詩啓〉一文中,提出他的看法:

> (稹)詩向千餘首,其間感物寓意,可備瞽矇之諷達者有之,詞直氣粗,罪戾是俱,固不敢陳露於人。唯杯酒光景間,屢爲小碎篇章,以自吟暢,則陷流俗江湖間多有新進小生,不知天下文有宗主,妄相仿效,而又從而失之,遂至於支離褊淺之詞,皆目爲元和體。

又謂:

> 同門生白居易愛驅駕文字,窮極聲韻,或爲千言,或爲五百言律詩以相投寄。小生自審不能過之,往往戲排舊韻,別創新詞,名爲次韻相酬。蓋欲以難相挑耳。

又〈白氏長慶集序〉,元稹道:

> 予始與樂天同校書之名,多以詩章相贈答。會予譴掾江陵,樂天猶在翰林,寄余白韻體及雜體,前後數十軸,是後各佐江通,復相酬寄,巴蜀江楚間洎長安中少年,遞相倣效,競作新詞,自謂元和詩。

由上所述,可歸納成幾個訊息。第一,元稹、白居易的贈答唱和詩作,不論是和韻、次韻的長篇排律,或是誘於一時一物,一笑一吟而卒然成章的小碎篇章,是詩人心目中的「元和體」。第二,後進小生妄相

仿效之元和體，是格力不揚的律體，及支離褊淺之詞，但卻自認代表
了元和詩壇的主流，致使「元輕白俗」的詩風招來了誹議。第三，不
論是元白二人所自言之「元和體」，或是《唐語林》、《國史補》所認
定的元和體內涵，基本上的認同，即元和體之產生與元稹、白居易皆
有密切關聯，並在中唐詩壇上引起廣大的回應及仿效。

　　中唐的詩壇由於狂放尚蕩的貞元之風，及奇險尚怪的元和之風，
和平易流暢的元白詩風，遂使詩壇風貌有了急遽的變化。貞元元和之
際詩人們致力獨闢蹊徑、開拓詩境，在題材、結構、語言、體例各方
面均有大膽的實踐與創新。處於此股求新求變的洪流中，元白詩派「文
章合為時而著，詩歌合為事而作。」(白氏〈與元九書〉)的主張，使
得詩歌不再淪為政治教化的工具及附庸，而著重瞬間意境的抒發。在
親朋合散之際，以遣興娛情之筆來釋恨佐歡，使內涵更接近詩人創作
的本質，從而跳脫出盛唐氣象雄渾與境界擴大的規範，呈現淺近俗麗
的柔媚纖巧風格。關於元白之於中唐詩壇的創新，清人趙翼在《甌北
詩話》中說：

　　大凡才人好名，必創前古所未者，而後可以傳世。古來但
　　有和詩，無和韻；唐人有和韻，尚無次韻；次韻實自元、
　　白始。依次押韻，前後不差，此古所未有也。而且長篇累
　　幅，多至百韻，少亦數十韻，爭能鬥巧，層出不窮，此又
　　古所未有也。以此另成一格，推倒一世，身不能不傳。蓋
　　元、白觀此一體為歷代所無，可從此出奇，自量才力又為
　　之而有餘，故一來一往，彼此角勝，遂以之擅長。

觀元稹〈春六十韻〉、〈感石榴二十韻〉、〈與楊十二巨源盧十九經濟同
遊大安亭各賦二物合為五韻探得松石〉及白居易〈代書詩一百韻寄微
之〉等詩作，則可知二人除反映、諷刺現實社會之外，在其應制唱和
詩的範疇中已有部分的詠物、抒情風格，而詩語亦帶有敘事記物與議
論散文化之味。是故《舊唐書·元稹傳》謂：

　　稹聰警絕人，少年有才名，與太原白居易友善，工為詩，
　　善狀詠風態物色，當時言詩者元白焉。自衣冠士子，至閭

閭下俚，悉傳諷之，號爲元和體。

所謂「善狀詠風態物色」，即是因應通俗化所表現的內容及技巧，而「自衣冠士子，至閭閻下俚，悉傳諷之。」則顯其影響之大。如此一來，中唐「元和體」的內涵範圍得到了擴展，不僅指元白創作的狹義元和體，亦包含唱和之間所創造的手法及風格，亦即元和時期在變新思潮統攝下的整個中唐詩風。

至於韓孟一派，亦在中唐求新求變的潮流中，呈現與元和體一個共同的創作傾向，即對雄奇境界的追求，而產生俗豔幽怪穠麗的詩風。如韓愈〈陸渾山火一首和皇甫湜用其韻〉〔註5〕、李賀〈羅浮山人與葛篇〉〔註6〕，在用辭仍遵循「唯陳言之務去」的原則下，將恐怖、醜陋、凶悍、魑魅等光怪陸離的景象入詩，對典雅的詩歌傳統無異是一種反叛。而形式上用散句、虛詞、回環的節奏、韻律，並改濃縮跳躍爲連貫流暢之敘述，如此散文化的傾向亦是對典雅傳統詩歌的挑戰。

儘管雄奇險怪的韓孟詩派與俗麗淺近的元白詩派風格迥異，但其追求創新出奇的美學觀點是一致的。他們爲中唐詩壇的發展開闢了新契機，並在跳脫傳統詩歌窠臼之餘，呈現豐贍的中唐人文精神，使詩歌創作益形豐富多采，進而擺脫盛唐的束縛，使詩歌從典雅的神聖廟堂走向世俗的眞切人間，並從貴族文學的桎梏中解脫而成爲平民心聲的眞實反映。薛濤在此詩歌世俗化的文藝思潮中，得到更多的發展空間，和創作題材的發揮，也更能眞實地反映她的生活及情感。加諸元和長慶以來，或爲言論之不自由〔註7〕、或因對中唐詩壇文學運動的反動〔註8〕，遂使詩壇風氣由人生文學轉爲藝術文學，由男性文學變成女性文學，諸如

〔註5〕 韓愈此詩：「天跳地踔顚乾坤，赫赫上照窮崖垠，截然高周燒四垣，神焦鬼爛無逃門，三光馳驟不復敦。虎熊麋豬逮猴猿，……。」
〔註6〕 李賀此詩謂：「毒蛇濃吁洞堂濕，江魚不食含沙立。」
〔註7〕 蘇雪林於《唐詩研究》頁146中提及唐文宗時期，文人學士周旋於牛李黨爭的政治鬥爭中，往往動輒得咎，爲求明哲保身之計，遂將感慨深鎖，而詩言志的理想希望只能轉移到象牙之殿，藝術之宮了。
〔註8〕 《唐詩研究》頁147謂基於文學之進化觀念，遂有對中唐文學的反動，致使文學取向有所變遷。

此等天時地利的環境，不啻爲女詩人提供創作的成長空間。

第二節　詩律體式

一、形　式

　　唐代發展完成的新體詩，含律詩與絕句，通稱爲近體詩，亦即律體詩，又稱聲律詩。相對新體詩而言，則稱爲古詩，又稱格詩，亦即講究風格的詩作〔註9〕。近體詩的藝術成就於中唐以前已臻於極高之境，貞元元和以後，儘管提倡樂府，但唐詩藝術發展成熟的近體詩仍十分盛行，亦爲詩人所熱愛。如劉長卿長於五律，稱爲五言長城；大歷十才子中之錢起以五絕著稱；李益爲七絕高手，足可與李白、王昌齡匹敵。此外，由唐高仲武所編《中興閒氣集》窺之，所涵蓋時間爲唐肅宗至德元年（757）至代宗大歷十四年（779），二十多年期間（約爲中唐初期）所選錄詩的體裁，從自敘中得知主要爲五言詩，偶有七言之作，此七言詩作又多編於各詩人五言詩之後。再者，《全唐詩》中所錄女詩人之詩篇，尤以七絕爲多，凡一百九十餘首，次爲五絕五律，再其次爲七律。蓋五絕源於漢魏樂府古詩，七絕則起自南朝樂府歌行，至唐絕句已臻醇美。反觀律詩興於初唐，定型於沈佺期、宋之問，其後五律有李杜繼其後，孟浩然及劉長卿踵武，詩家輩出；而七律於初唐即顯貧弱，乏善可陳，雖有老杜之致力發展，大體而言，在各體已臻勝境的情況下，七言律詩略顯遜色。由此可知，直至中唐時

〔註9〕　唐人觀念中，習稱古律，用以表示傳統的古體詩和新興的律體詩（即近體詩）。今從《白氏長慶集》和《元氏長慶集》作者自己編定的體例觀之，皆以律詩類及古詩類予以分類，前者所指爲講究平仄的絕句，後者則爲不講究平仄的古體絕句，由此可知唐人以近體絕句爲律詩。南宋所編詩集，將絕句排除在律詩之外，講近體詩，慣以「律絕」稱之，又將律詩、絕句分開，此乃錯誤之舉。質言之，唐人之近體詩即律詩、聲律詩，是律詩與絕句的統稱，非一般訛稱之「格律詩」。因格乃指風格，律則是音律、律呂之律，今人不可不明矣。

期，五七言爲詩壇主流，而律詩中以五言律詩的地位高於七言律詩。是故，在詩壇潮流的帶動之下，薛濤現存詩集的主要形式亦以五、七言近體詩爲主，偶有古體絕句、六言詩及組詩的創作。茲分述如下：

（一）絕　句

此種體裁簡短而言語精鍊的小詩，富有生活氣息。加諸其格律嚴謹而音節和諧，故韻味雋永而便於朗誦，遂頗具高度的藝術概括力和感染力。因此，絕句傳播之廣，感人之深，於唐代非其他各體詩歌所能企及。現存薛濤詩作，以絕句佔大多數，其中七絕約占三分之二，如〈賊平後上高相公〉、〈題竹郎廟〉、〈上王尚書〉、〈海棠溪〉、〈金燈花〉、〈秋泉〉、〈聽僧吹蘆管〉等；其次爲五絕，如〈池上雙鳥〉、〈鴛鴦草〉、〈風〉、〈月〉、〈蟬〉……等。

中唐元和詩人大抵著重以絕句摹寫客觀事物的動態，而不囿限於記時事與述民風二途，創作作品多能寓寄詩人的情懷，並將感事寫意的功能藉絕句之形式表達。因此，絕句之作，朝野普及，詩人大興。劉禹錫、白居易引領風騷，其次柳宗元、李益亦頗多佳作。此後儘管流派紛呈，然韋應物、李賀、賈島……等詩人之絕句，亦多而不能遍列；女詩人則以李治、薛濤爲個中翹楚。故濤詩以絕句爲能，以此流名青史，乃受大曆、貞元、元和年間絕句興盛之薰陶。又其詩集體式以七絕最多，亦最擅長，乃與其縱放飄逸而不受羈絆的本性有關。

（二）律　詩

萌芽於齊梁新體詩，而定型於初唐，發展於盛唐的律詩，是一種聲律嚴密的詩體。唐代科舉取士，以五言十二句的試帖詩（長律）爲考試科目，所以表現嚴謹的律詩，成爲中唐以後詩人的嗜好，並蔚爲一時風尚。例如繼杜甫創新發展七律的餘緒，中唐詩人白居易便於晚年謫居時專力律詩，幾達千首。薛濤現存之詩，其中五言、七言律詩各二首，即〈謁巫山廟〉、〈寄舊詩與元微之〉及〈酬人雨後玩竹〉、〈浣花亭陪川主王播相公暨寮同賦早菊〉。據清周亮工《困樹屋書影》記

錢謙益之言，錢於順治初見宋人所刻唐詩，載薛濤律詩甚多，則知薛濤律詩散佚甚多。

（三）六言雜詩

薛濤詩〈詠八十一顆〉：「色比丹霞朝日，形如合浦圓璫。開時九九知數，見處雙雙頡頏。」是詩集中唯一的六言詩。六言詩是四言詩向偶數發展的一支細流，其最初起源於楚歌在五言句中加一個襯字〔註10〕，真正的六言詩是指六個均是實字的詩體。任昉《文章緣起》謂六言詩起於漢代的谷永（今已亡佚）；楊慎則謂《文選》注中引董仲舒琴歌二句，是為六言，時代在谷永之前，惟此琴歌並非全章，作者亦不可得知。從漢魏至初唐，六言詩作雖少但也未嘗絕跡〔註11〕，堪稱稱詩史中的一股細流。盛唐以來，六言詩作品也不多見，王維的〈田園樂〉最有名，其中一首如：「萋萋春草秋綠，落落長松夏寒。牛羊自歸村巷，童稚不識衣冠。」較之薛濤之六言詩，皆是平仄粘綴，詞性對偶整齊的詩句，可以稱為六言絕句了。

（四）組　詩

絕句此種小詩，向來便於聯吟迭和，若連接成章，於一題之下羅列多首，便形成「組詩」。組詩體制，乃是化整為零，聚零為整的篇法，盛唐絕句作家發展了絕句組詩體制，豐富絕句所表現的社會生活內容，擴大了絕句的容量，不少著名作家均曾寫過組詩。如李白〈永王東巡歌〉十一首、〈清平調〉三首；王維〈少年行〉四首；王昌齡〈從軍行〉七首⋯⋯。之後，絕句組詩體制在杜甫及中唐詩人那裡得

〔註10〕《楚辭・九歌》：「望夫君兮未來，吹參差兮誰思。」又「帝子降兮北渚，目渺渺兮愁予。」每句六字是偶數，但音節為每句三個，是奇數。由此可以悟知，六言詩是五言詩的慢聲改為實字，唯句子必須是整齊的三個音節（2＋2＋2）。

〔註11〕晉代陸機有〈董逃行〉樂府詩；是為六言句，另有〈上留田行〉樂府詩為六言九句；嵇康有一組詠史詩，是十首六言詩；初唐沈佺期有一首〈回波樂〉詞，是為六言四句。可知六言詩創作雖少亦不絕矣。

到了發展與廣泛運用，以聯章體擴大絕句篇幅，進而展現複雜的社會生活。如子美有〈解悶〉十二首、〈復愁〉十二首、〈官池春雁〉二首等。於此風氣之下，薛濤亦有〈九日遇雨〉二首、〈試新服裁製初成〉三首、〈十離詩〉十首、〈春郊遊眺寄孫處士〉二首、〈賦凌雲寺〉二首⋯⋯等組詩創作。其篇法或各首相次前後照應、或隨興組合、或各自獨立，以詠一題，既保持絕句原有之精鍊警闢，又擴增其複雜性。當中七絕組詩之作多能生面別開，成爲薛濤詩集中的一項特色。

（五）古體絕句

古體和近體是詩體的區別，而非作品時代的區分。唐代詩人既作近體絕句，亦有古體絕句之作〔註12〕。按古體絕句產生在律詩之前，句中平仄不受限制，只是最簡短的古詩，於唐人詩篇中稱之爲「古風」〔註13〕。今觀薛濤詩作〈春望詞〉四首：

> 花開不同賞，花落不同悲。欲問相思處，花開花落時。
> 攬草結同心，將以遺知音。春愁正斷絕，春鳥復哀吟。
> 風花日將老，佳期猶渺渺，不結同心人，空結同心草。
> 那堪花滿枝，翻作兩相思。玉箸垂朝鏡，春風知不知。

其中第一、二、三首，分別有「花」「不同」及「春」、「同心」等同字相對，此屬古詩對仗法。第一首四句之中，「花」分別重覆三次，與唐代近體五絕不類同；其重覆可稱道之處，在於呈現古樸典雅之風。至於押韻平仄方面，平聲韻（四支、十二侵），仄聲韻（十七篠、十九皓）互爲運用，聲律平仄不依近體詩規律。因此，薛濤以古體絕句的形式，傳達小兒女的含蓄情韻及無奈心聲，既展現樂府民歌的風

〔註12〕徐陵所謂古絕句，乃指漢魏五言四句之詩，其不講聲律平仄。初唐後期，詩句的平仄和諧成爲詩的聲律。四聲八病之理論愈受重視。五言古詩，七言歌行，各自發展爲五言律詩，七言律詩。齊梁時期的絕句也漸從聲律之規格而成爲唐代絕句。於是唐人把新規格的絕句、律詩統稱爲近體詩（聲律詩），而將傳統的一切五、七言詩稱之爲古體詩。

〔註13〕王子武於《中國詩律研究》頁40、41對古體絕句有詳述說明。

格，讀之亦頗有吳歌、西曲情韻綿邈的風味。

二、格　對

葛立方《韻語陽秋》謂：「近時論詩者，皆謂對偶不切則失之粗，太切則失不俗。」對仗的精切，在於表達律體詩形式的整鍊工穩；而其運用的精神，在於自然渾成，不流於板滯。對偶工穩與韻律諧整，六朝已見醞釀，及至有唐一代，不論刻意講求抑是率然而成，均已蔚為大觀。此乃唐代近體詩別顯現嚴整精麗之美的必要條件，也是唐詩普遍的特色。職是之故，薛濤除了一般對偶技巧及律詩頷、頸聯之對仗外，在詩作形式內容上的鍛鍊，尚有如下幾個特殊的表現。

垂珠對：詩的上下兩句連續使用相同之字予以重疊，此種方式如同垂珠聯綿不絕，故以稱為「聯綿對」。濤詩〈江月樓〉：「垂虹納納臥譙門，雉堞眈眈俯漁艇。」及〈金燈花〉：「闌邊不見襄襄葉，砌下惟翻豔豔叢。」其中句腹重字所形成對偶工整的節奏，更見詩人的匠心獨運。

問答對：詩句以上句問，下句答之方式，將詩意連貫，且互相對仗。濤詩〈和李書記席上見贈〉：「借問風光為誰麗？萬條絲柳翠煙深。」及〈鄉思〉：「何日片帆離錦浦？櫂聲齊唱發中流。」和〈題竹郎廟〉：「何處江村有笛聲？聲聲盡是迎郎曲。」等，皆是一問一答之形式，而其下句每顯含蓄以為答，誠佳構也。

句中對：詩中每句自相對偶之謂也。濤詩〈詠八十一顆〉：「色比丹霞朝日，形如合浦圓璫。」詩中丹霞對朝日，合浦對圓璫，俱句中對也。惟二句亦兩兩對偶，深得六言詩體格對之妙，可見詩人技巧之純熟。

雙聲對：雙聲者，乃連續兩字之發音部位相同，其聲和諧而明朗者。運用於詩篇之上下句，所相對之兩字為雙聲字者，則稱此對式為雙聲對。濤詩〈江月樓〉：「秋風彷彿吳江冷，鷗鷺參差夕陽影。」其上句「彷彿」同為唇齒音，下句「參差」同為舌尖音，又互相成對，

故謂之雙聲對。

流水對：兩句相對，竟可作一句看。濤詩〈謁巫山廟〉：「朝朝夜夜陽臺下，爲雨爲雲楚國亡」二句意思連貫，一如流水滔滔而下，此種對式，名爲流水對。

對仗對偶是美化詩篇的技巧，倘若一味求工、或苦設強對，則失之於調澀氣懨。因此，「佳偶天成」是格對中的最高旨趣，旨在形式工整之中，吐情以見眞意，流暢以傳眞樸，使詞藻之美與意境之諧相得益彰。

三、聲　律

《毛詩序》：「情發於聲，聲成文謂之音。」詩歌借助聲音來吟誦或歌詠，以書面文字及語言的聲音來影響讀者的感情，打動讀者的心靈。因此，劉勰謂：「故言語者，文章關鍵，神明樞機，吐納律呂，脣吻而已。」范文瀾注云：「言語謂聲音，此言聲音爲文章之關鍵，又爲神明之樞機，聲音通暢，則文采鮮而精神爽矣。至於律呂之吐納，須驗之脣吻，以求諧適。」﹝註14﹞皆說明了詩歌與聲律的密切關係。有唐一代的詩歌，其聲律的基礎是從沈約「一簡之內，音韻盡殊；兩句之中，輕重悉異。」的理論中發展而來。是以近體詩的平仄格律，大抵以一句中平平仄仄相間；一聯之內上下兩句平仄相對；下聯的上句與上聯的下句平仄相粘；句末不可出現三平或三仄等四項規律爲原則。質言之，即寓變化於整齊之中，一如《文心雕龍・聲律篇》中之「同聲相應」以求整齊；「異聲相從」以求變化之謂也。

今薛濤詩集中，固然以七絕爲多，但就近體格律言之，大抵不離唐代詩人的規範。而唐人絕句多用平聲韻的風氣，亦感染了薛濤的詩作，如〈蟬〉用八齊韻，〈月〉用十四寒韻，〈西巖〉用二蕭韻，〈菱荇沼〉用十一尤韻……，皆是實例。此外，中唐韓派奇崛拗峭的詩風，所帶給女詩人薛濤詩歌聲律的影響，則是音節上排除近體聲律的

﹝註14﹞ 見周振甫注《文心雕龍注釋》頁第 367，人民文學出版社出版。

同化，多用拗句，尤其結末三字，亦不難見到詩人運用三平或平仄平的聲調。譬如三平——「把向風前旋旋開」（〈酬辛員外折花見遺〉）；平仄平——「旋摘菱花旋泛舟」（〈憶荔枝〉）及「雲幕初垂紅燭新」（〈上川主武元衡相國〉）。」因此，平仄聲律配上押韻和對偶的格律，佐之以固定的句數、字數，便是薛濤近體詩的最大形式特徵。不論合律與否，其交替與重複的聲律在在構成詩語的音響節奏，從而傳達了詩人心中的感情及思想。

第三節　題材內容與情思反映

　　詩歌藝術不能沒有思想，形式要有內容充實。中國詩歌是以「言志」、「緣情」為主要內容，故《詩大序》謂：「詩者，志之所之也，在心為志，發言為詩。情動於中而形於言，言之不足，故嗟歎之；嗟歎之不足，故詠歌之詠歌之不足，不知手之舞之，足之蹈之也。」而陸機《文賦》謂：「詩緣情而綺靡。」前者以詩文言德志；後者強調詩的內容特徵即詩因情生、詩亦寫情，並兼顧詩的內涵與形式。二者都彰顯詩歌崇高雅潔的理思及情真意切的內涵。於此詩歌傳統的發展氛圍下，加上唐代文化、政經的開明，皆擴展了詩人的思想及眼界，進而影響詩人創作的內容。因此，薛濤以一介伎女之流，置身在有唐一代蓬勃的文化社會中，憑藉著詩伎自由、解放的方便，容易流露出真實的思想感情與精神，將其來自真實的生活體驗發而為詩，以傳達她的情感、襟懷、思想，及對生活的執著和理想的追求。

　　今觀薛濤現存詩作，大多為應酬之作，交游廣及各階層，正應證謝無量《中國婦女文學史》所言：「濤詩頗多，才情軼蕩，而時出閒婉，七絕尤長。然大抵言情之作。」除此之外，詩人的筆下尚有將自然景物與生活感受結合的抒情詩作，亦有把日常的送行和離別的題材予以詩化的內容，也有浪漫愛情的事跡記錄，甚而體物以寄意，或登臨抒懷以述思想情調。總之，豐富多變的生活形態，和興旺發達的社

會背景，縱使在不安變動的中唐社會中，詩人仍然可以以詩情經營生活，以詩語記錄生活，更習以詩歌文學來反映人生，呈現豐贍的人文精神和思想風貌。

一、寄獻酬唱

薛濤詩作以應酬作品爲多，茲據其詩集，將她此類詩題列後，則不難窺其交往範圍及創作之多：

命題	寄　贈　題	上　投　題	酬　答　題
詩題	1. 斛石山曉望寄呂侍御一首。 2. 春郊遊眺寄孫八處士二首。 3. 寄張元夫一首。 4. 段相國遊武擔寺病不能題寄一首。 5. 寄舊詩與元微之一首。 6. 寄詞。 7. 贈韋校書一首。 8. 贈段校書一首。 9. 贈蘇十三中丞一首。 10. 摩訶池贈蕭中丞一首。 11. 贈遠。	1. 罰赴邊有懷上韋相公二首。 2. 賊平後上高相公一首。 3. 上川主武元衡相國二首。 4. 上王尙書一首。 5. 罰赴邊上韋相公二首。 6. 續嘉陵驛詩獻武相國一首。	1. 酬人雨後玩竹一首。 2. 酬郭簡州寄柑子一首。 3. 酬祝十三秀才一首。 4. 酬文使君一首。 5. 酬吳隨（一作使）君一首。 6. 酬李校書一首。 7. 酬李秀才贈巴峽圖一首。 8. 酬楊供奉法師見招一首。 9. 酬辛員外折花見遺一首。 10. 酬杜舍人一首。 11. 和李書記席上見贈一首。 12. 和劉賓客玉蕣一首。 13. 和郭員外題萬里橋一首。 14. 棠梨花和李太尉一首。 15. 宣上人見示與諸公唱和一首。

詩以有言外之意爲佳。此意猶帥也，無帥之兵，則如烏合之眾。因此，寄贈類之詩作，要義在敘目前之景，併胸中之意，寄之彼人，使千里如面談；或贈題以讚美，抑規勸，俱道己之款曲，肖彼行藏，間寫贈時之景。是故，此類內容忌在質魯無文，直崛寡情。試觀〈寄舊詩與元微之〉一詩：

> 詩篇調態人皆有。細膩風光我獨知。
>
> 月下詠花憐暗澹，雨朝題柳爲敧垂。

長教碧玉藏深處，總向紅牋寫自隨。

老大不能收拾得，與君開似好男兒。

從「細膩風光我獨知」可以體味詩人與元稹對詩皆有獨到的品評和愛好。他們藉著詩緣而結爲摯友，一如〈西廂〉傳奇一般，令人神往和稱道。惟此詩可見薛濤自負不淺，有知稀我貴之意，並傳達她自重自珍的詩人傲骨。又如〈寄張元夫〉詩：

前溪獨立後溪行，鷺識朱衣自不驚。

借問人間愁寂意，伯牙弦絕已無聲。

是一首慰人寂寥之詩，其以「借問人間愁寂意，伯牙弦絕已無聲。」直接點明張元夫的孤寂，並表達不盡之意於言外，期能使張元夫振奮，此正可以說薛濤誠摯的交友態度及體貼又敏銳的心思。此外，古來寄信寄書、贈巾贈扇，固爲發檄以拋磚引玉，若一字一物出自麗人，則情眞意更彌足珍貴。薛濤〈贈遠〉詩二首：

擾弱新蒲葉又齊，春深花發塞前溪。

知君未轉秦關騎，日照千門掩袖啼。（其一）

芙蓉新落蜀山秋，錦字開緘到是愁，

閨閣不知戎馬事，月高還上望夫樓。（其二）

此詩以寄書信的方式贈給遠方的親友。第一首以春景表達思念，藉繁花似錦的美景反映詩人思君的感傷。由於春天的欣欣向榮所予詩人的遐想和感受，格外容易顯出「年年歲歲花相似，歲歲年年人不同」的感慨，怎不令思切之人掩袖而啼呢？薛濤以樂境寫哀，遂使全詩倍增其哀。第二首則寫秋天的思念，藉「月高還上望夫樓」點出二人關係之密切，感情之深厚。如是寄贈之題，道盡詩人的款款深情，也爲女詩人生活的落寞做了眞實的記錄。總之，薛濤贈詩以寄意，歌詩以伸情；其詩不倩人，而曲無習氣，在佳言美意之中又帶眞情，同時也如實反映她交友待人的誠懇，不愧爲閨中詩人之俊彥。

至於上投題，乃身在下位，投獻於主事者。范況《中國詩學通論》第二章謂：「上投之題……忌在太媚近諛，太卑近諂，或忤犯不知避諱而近於不諳事宜。」乃說明此類詩篇表現得體的忌諱。今觀

薛濤〈上王尙書〉〔註15〕詩：

> 碧玉雙幢白玉郎，初辭天帝下扶桑。
>
> 手持雲篆題新榜，十萬人家春日長。

首句以碧玉裝飾之幢桑，形容王播尙書所用之儀杖，接著以「初辭天帝下扶桑〔註16〕」和「十萬人家春日長」之句以迎王播主川。此上節鎭之語，帶逸不腐，一如鍾惺《名媛詩歸》所道：「逸而動，絕不帶媚氣。」可見薛濤雖終不能以節顯名，但其不卑不亢的心志，以及自視甚高的才氣，遂使詩語不見淫聲，不類魚玄機，李季蘭之流。又〈賊平後上高相公〉詩：

> 驚看天地白荒荒，瞥見青天舊夕陽。始信大威能照映，由
> 來日月借生光。

首句極寫西川地區經劉闢之亂後的荒凉景象，隨後稱頌高崇文平定劉闢之亂、安定四川之功。女詩人旣不需負征戍之任，亦鮮能體會塞外征戰之苦，而此詩作氣勢宏大，褒揚得當，較之當時邊塞詩人，毫不遜色。難怪鍾惺謂之：「開口自然挺正，而有光融拓落之氣，覺文人反多牽摔。」此外〈上川主武元衡相國〉詩二首，以「東閣移尊綺席陳，貂簪龍節更宜春」（其二）及「因令朗月當庭燎，不使珠廉下玉鈎」（其一）四句來極寫達官貴人春夜宴飲歡歌的豪華場面，辭藻華麗，雄健中仍有秀氣。薛濤因事獲怨於韋皋而被罰赴松州，所作之〈罰赴邊有懷上韋相公〉二首：

> 黠虜猶違命，烽煙直北愁。
>
> 卻教嚴譴妾，不敢向松州。（其一）
>
> 聞道城邊苦，而今到始知，
>
> 卻將門下曲，唱與隴頭兒。（其二）

〔註15〕 王尙書此指禮部尙書王播。長慶元年（西元 821），由中書舍人遷禮部侍郎，數爲主考，頗負時譽。元和十三年至長慶元年時爲成都尹，劍南西川節度使。

〔註16〕 《山海經・海外東經》：「湯谷上有扶桑，十日所浴。」是古謂爲日出所在。此指天子所居之處，即長安。

又作〈罰赴邊上韋相公〉二首：

> 螢在荒蕪月在天，螢飛豈到月輪邊，
> 重光萬里應相照，目斷雲霄信不傳。（其一）
> 按轡嶺頭寒復寒，微風細雨徹心肝。
> 但得放兒歸舍去，山水屏風永不看。（其二）

前題二首五絕，點明詩人被罰赴松州時的政治背景〔註17〕，並將柔弱的自己放到大時代的社會背景中作一對照，期以四川人民、地方長官乃至李唐王朝所面臨大軍壓境之下的「愁」意，喚起身掌兵權、手執刀戟之將領的同情。繼而坦露被罰赴邊城的哀怨心情，一句「而今到始知」，看似平淡無奇，實則道出多少顛沛的生活經驗；一首「門下曲」本應唱予權貴之家聆聽，然而邊城漠地的官兵卻非她的知音！對一位卑微的女子而言，惡劣的生存環境及不公平的懲罰，不啻為身心的剝削，何況薛濤又是一位與公卿、達官貴人過從甚密且自視高的才女。因此，詩中有作者的時勢觀，並以帶著委婉諷刺的口吻，和句句哀怨的詩語來陳訴她愷切的幽憤。後題二首七絕，對命運蹭蹬所歷旅途的艱苦，極盡描寫；在心碎腸斷之餘，更撩起盼望韋相以開恩救還的一絲希望，並對自己昔日處在韋皋幕府中的驕奢情態，立誓永不再犯。故以「重光萬里應相照」來歌頌韋皋功業，並期惜念二人往日情誼；以「但得放兒歸去，山水屏風永不看〔註18〕」來自我懺悔，懇求開釋。詩人的怨懟及反躬自省，於詩中表達無遺。另有一首〈續嘉陵驛詩獻武相國〉詩，頗值一提，其內容為：

> 蜀門西更上青天〔註19〕，強為公歌〈蜀國弦〉〔註20〕。

〔註17〕 貞元初吐蕃入侵隴、蜀，貞元五年時吐蕃仍未降服，正虎視眈眈，燃起北方的烽煙。

〔註18〕 唐玄宗登基不久，宰相宋璟為之寫〈書・無逸〉篇，黏貼立為屏風，玄宗朝夕相對，勤於政事，頗自振作。及璟罷相，改立山水屏風，志漸驕侈。

〔註19〕 此首句為武元衡〈題嘉陵驛〉詩末句，故詩題云「續」。

〔註20〕 為梁簡文帝蕭綱當太子所寫之相和歌辭四弦曲之樂府詩，內容先寫蜀地山川險峻，後寫成都之舞樂迷人。

卓氏長卿稱士女，錦江玉壘獻山川。

濤以此詩稱道蜀地山川峻秀、人傑地靈，絕非鄙野之邦，藉以一反武元衡〈題嘉陵驛〉詩：「悠悠風斾繞山川，山驛空濛雨似煙。路半嘉陵頭已白，蜀門西更上青天。」其嫌蜀地艱險，而忽略了美好的風光和俊雅的風流人物之偏頗看法。要言之，薛濤上獻之詩全無阿諛逢迎之詞，並且著意翻新。如此得體的詩作表現，正可見薛濤卓爾不俗的風度及不凡的創作思考。

再者，酬答題之詩，依范況《中國詩學通論》分之，其體有四：一為答其意，不為韻所縛；二為依用同韻；三為和其原韻，而先後次第皆用之，謂之次韻；四為用其原韻，先後不必次也。簡言之，「酬」是不必用原韻，而「和」是要用原韻的。今觀濤詩〈酬雍秀才貼巴峽圖〉：

千疊雲峰萬頃湖，白波分去遶前吳。

感君識我枕流意，重示瞿塘峽口圖。

首二句寫出所贈之畫的山水內容，亦即三峽的山水奇景和氣勢，續而緊扣題意酬答雍秀才對其隱逸情志的支持。詩中情真意切，饒有餘味，並表明薛濤嚮往「枕流漱石」的高潔情操。

另〈酬祝十三秀才〉一詩云：

浩思藍山玉彩寒，冰囊敲碎金盤。

詩家利器馳聲久，何用春闈榜下看。

是一首預祝讀書人考中科舉的詩作。作者以晶瑩剔透的藍田美玉和熠熠奪目的冰囊，盛讚祝十三秀才的文才藻思。薛濤於具體形象的描繪基礎上，從而預祝其春闈榜上有名。如是古質的讚詞，及引譬妥貼的詩語，正是女詩人清風朗月的氣質呈現。除此之外，〈酬人雨後玩竹〉可謂女詩人堅貞自勵的氣度展現：

南天春雨時，那鑒雪霜姿。眾類亦云茂，虛心寧自持。

多留晉賢醉，早伴舜妃悲，晚歲君能賞，蒼蒼勁節奇。

薛濤不正面寫雨後之竹，而著力描寫「風刀霜劍嚴相逼」之下，依然挺立不屈之竹子所散發的高貴氣節。儘管內容對原作似有譏諷之意，

但詩人仍一本「虛心寧自持」的操守委婉道來。尾聯「晚歲君能賞，蒼蒼勁節奇」回到「酬人」的主題上來，既是對竹子的禮讚，更是對「君」的讚賞和期許。職是之故，薛濤愛竹的傲霜凌雪之姿，殆因不有烈風無以知勁草，不到歲寒無以知松柏之後凋也；愛竹的虛心堅貞，遂又把它與傲視權貴的竹林七賢〔註21〕和品德高尚的舜妃聯繫起來，既是託竹言志，以喻自己，更是自勉自勵，遂配合詩語中蒼勁清虛的主題，表現她高風亮節的心胸與「常將勁節負秋霜」的人格情操。綜上所述，可知酬唱之詩對薛濤而言，其情感的運用和思緒的傳遞皆能恰如其分而不失之於恭維，亦不流之於浮濫。詩人在切合彼此身分地位和交情程度之餘，將自身的感懷與思想，隨著真摯的筆意而互相傳遞酬答，如實地反映她的個性與詩品。無怪乎她能在文學史上留下佳篇豔傳至今。

二、山水送別

　　山光水色本是大自然的一部分。人情應物斯感，感物而吟志是最自然不過之事。由於中國萬里山河滋潤著世代子民的心田，因此，山水景物向來難逃詩人敏銳的觸角。《文心雕龍・神思篇》謂：「登山則情滿於山，觀海（水）則意溢於海。」正說明詩人登山臨水的心態，也突顯山之安定、水之流動對人世生命之安定和際遇之飄泊的象徵意義。

　　濤詩〈謁巫山廟〉一詩，將包裹著神話色彩的時空觀念，寓寄於尋幽訪勝的山水幽情裡：

> 亂猿啼處訪高唐，路入煙霞草木香。山色未能忘宋玉，水聲猶是哭襄王。朝朝夜夜陽臺下，爲雨爲雲楚國亡。惆悵廟前多少柳，春來空鬥畫眉長。

自古「巴東三峽巫峽長，猿鳴三聲淚沾裳」，處此雜亂淒切的氛圍下，女詩人一路登攀「入煙霞」的目的地——巫山廟。神女薛濤來到充滿

神秘感的叢山峻嶺，沿途聆賞著奇花異卉，遂不由得感受到來自亙古山川所形成的美麗傳說——宋玉的〈高唐賦〉、〈神女賦〉。詩人在慨嘆神女的美麗與多情、惋惜楚國滅亡的命運之餘，更有感巫山廟前的長長柳枝，若可留住情人的歸舟，便能一併解脫神女的孤寂，況且春天一到，畫眉妝扮又為了誰？薛濤藉著巫山神女這位神話中有血有肉的人間角色，一方面寫神女的孤寂，一方面則不忘傾訴自己登山攬勝的心情。回到現實生活裡，薛濤縱有高度才華，但她依附權貴的生活，並未使之擁有人間忠誠的愛情，遂使詩人內心始終縈繞著宋玉與楚襄王遊於雲夢之臺的故事，而難以釋懷。如此惆悵的情韻，多少矜蕩不盡其意，也體現薛濤性格本色的鋪事細秀與繪景的淡如境界。另〈賦凌雲寺〉詩二首：

> 聞說凌雲寺裡苔，風高日近絕纖埃。
> 橫雲點染芙蓉壁，似待詩人寶月來。（其一）
> 聞說凌雲寺裡花，飛空遠磴逐江斜。
> 有時鎖得嫦娥鏡，鏤出瑤臺五色霞。（其二）

分寫凌雲寺中之苔與花，前首著意於凌雲山之受詩人青睞的幽潔之景；後者則寫月弄花影之美。薛濤此作率由意外生想，情趣空靈，將縹渺幽秀的凌雲寺寫得令人神往，也展現她淡蕩清麗的遊賞心境。此外，〈秋泉〉詩：

> 冷色初澄一帶煙，幽聲遙瀉十絲弦。
> 長來枕上牽情思，不使愁人半夜眠。

薛濤以其細膩感受，摹聲繪色地將愁情與秋泉融為一體。秋月朗照下的縷縷愁思，繚繞著詩人紛沓的心緒；泠泠作響的秋泉，一如弦樂般地傾瀉幽情愁緒，二者皆令人夜不能寐。詩意深沈婉轉，立意新巧，而景近情遙的哀怨，全然為詩人咀嚼於自然景物的聲色形象中，正是她哀而不傷，怨而不怒的心情寫照。再者，〈海棠溪〉一詩，則反映薛濤對人世間之於大自然輕率狎玩的遺憾。且細品其內容：

> 春教風景駐仙霞，水面魚身總帶花。
> 人世不思靈卉異，競將紅纈染輕紗。

詩人歌詠海棠溪畔風景，是花神降臨，紅霞繚繞的造化之功。海棠倒映明澈溪中，固然美景如畫，但海棠花因繁擠而落紅無數所形成「魚身帶花」之景，更令人愛戀至極！由於愛之極，也造成憾之極。由於人們競相用海棠花汁漂染輕紗，似欲以人工染就的紅紗與天造神功的海棠花色比美。因此，詩人以「不思」來說明她對人世之於自然景物藝瀆的鄙視，同時也對此庸俗舉動表示了她的不解與無窮遺憾。由是益見薛濤對海棠花無尚的愛憐和尊奉。

至於送別詩作，宋人嚴羽在《滄浪詩話‧詩評》中指出：「唐人好詩，多是征戍、遷謫、行旅、離別之作，往往能感動激發人意。」唐代儘管在經濟文化上較前代已有空前發展，但詩人們仍為了自己的理想、事業、前途……而離鄉背井，辭親離友，或從軍報國、或羈旅遠行、交游求學、謀仕登第，透過各種生活渠道去尋探出路。由於那時資訊的不發達，一旦別離，可說是前途莫測，種種人生的顧忌和陰影難免襲上心頭。是故，詩人感離送別之作，牽連著千古人們共同經驗的情愫，或寫黯慘、或道不忍別，或觸景寄情……要之總在離處期合，寄語關懷無數，由此突顯人們將生離死別等同起來的觀念。薛濤詩作，如〈送友人〉、〈江亭餞別〉、〈送姚員外〉、〈送盧員外〉、〈送扶鍊師〉、〈別李郎中〉等，便是記錄離別經驗的真切之作。且看〈送友人〉一詩：

> 水國蒹葭夜有霜，月寒山色共蒼蒼。誰言千里自今夕？離夢杳如關塞長。

薛濤此詩下聯乃因景生情，體物得神，通過上聯之分別時的景物描繪，委婉地表達自己縣長的思緒與起伏的感情。一別千里，音容杳然，「千里佳期一夕休」（李益詩）的悲劇即將上演，於此便體會了詩人無限的深情與憾恨。但「誰言」二字一出，卻意謂著詩人「從此無心愛良夜」的苦語及可以「隔千里兮共明月」的樂觀期待。惟薛濤登山臨水於此「蒹葭蒼蒼，白露為霜」的時節，相送景象的生寒而使離人益加難堪。正因觸景而生情，離愁固然因別浦晚景的襯托而令人不堪，但薛濤詩語的自我慰勉，卻更流露出她對友人情誼的執著，也反

映她跌宕曲折的傷離心情。又如〈送鄭眉州〉：

> 雨暗眉山江水流，離人掩袂立高樓。
> 雙旌千騎駢東陌，獨有羅敷望上頭。

江淹〈別賦〉云：「黯然銷魂者，唯別而已矣。」此詩首句即通過景物描寫，渲染「黯然銷魂」的氣氛，並藉以昇高離情別緒；繼而起用羅敷之典，道出女詩人堅貞自守，忠於愛情的心志。全首詩意雖充滿抑鬱憂傷的情懷，但薛濤並未將其予以深化擴大，反在惜別時，理智地表白她的貞定態度，以寬慰其夫。此種思想的確不同於一般閨媛，頗值得激賞。

由上述可知，山水與送別之作對於作者生活的記載，已不是單純地遊歷與抒情，而是將情志表達與環境感遇有機的融合，構成一首首富有詩意及興味的詩篇。

三、詠物興寄

詠物之始，最早見於《詩經》，如以「灼灼」狀桃花之鮮；「依依」擬楊柳之貌；「杲杲」寫日出之容……，然體式未全，尚處於萌芽階段。以後歷代遞有發展，唐代乃承齊梁之風，以至內容擴展至無物不可詠，可謂臻於極至。詠物詩作之肇因，蓋一如《禮記·樂記》所云：「人心之動，物使之然也。」，故《文心雕龍·明詩篇》言：「人秉七情，應物斯感，感物吟志，莫非自然。」又其〈物色篇〉道及：「歲有其物，物有其容；情以物遷，辭以情發。」皆說明人處於八方四垓之宇宙內，感於自然山川景物而有詩作。因此，《文心雕龍·物色篇》又詳言之：「春秋代序，陰陽慘舒，物色之動，心亦搖焉……是以詩人感物，聯類不窮，流連萬象之際，沈吟視聽之區；寫氣圖貌，既隨物以宛轉，屬采附聲，亦與心而徘徊。」正是人們與物交感而後抒興以言志的最佳詮釋。

歷來詩人對詠物題材的選取，往往包含著深刻的民族精神與文化理想的意義。因此，內容有詩人主觀生命的寄託象徵，或擬人化後所

顯現的人文思想。如以松柏竹表示堅貞不撓，以蟬表示高潔、以猿鳴表示鄉愁等……，皆是人生另一理想境界的寄託。薛濤詠物詩作亦不例外，觀其詩題〈風〉、〈月〉、〈蟬〉、〈鴛鴦草〉、〈池上雙鳥〉、〈朱槿花〉、〈金燈花〉、〈柳絮詠〉、〈詠八十一顆〉……等數首，皆觀物興作、睹物寄思、詠物託意的詩篇。如〈蟬〉：

> 露滌清音遠，風吹故葉齊。聲聲似相接，各在一枝棲。

其「聲聲似相接」是頗為貼切的生活自喻；而「各在一枝棲」則是對送往迎來為世人所輕蔑之生活，說出她內心寂寥的感傷與對誹謗的表白。又如〈鴛鴦草〉：

> 綠英滿香砌，兩兩鴛鴦小。但娛春日長，不管秋風早。

則是薛濤對頹廢驕矜的生活形態，提出一種自我警醒的惋歎。此外〈柳絮詠〉一詩：

> 二月楊花輕復微，春風搖蕩惹人衣。他家本是無情物，一向南飛又北飛。

藉著柳絮隨春風搖蕩的姿態，訴說她依附著達官貴人而生活的無奈與幽怨。至於〈十離詩〉則是一組感物傷情、直抒胸臆並反映中唐社會人情世態的組詩。且細品其內容：

〈犬離主〉
出入朱門四五年，為知人意得人憐。近緣咬著親知客，不得紅絲毯上眠。

〈筆離手〉
越管宣毫始稱情，紅箋紙上撒花瓊。都緣用久鋒頭盡，不得義之手裡擎。

〈馬離廄〉
雪耳紅毛淺碧蹄，追風曾到日東西。為驚玉貌郎君墜，不得華軒更一嘶。

〈鸚鵡離籠〉
隴西獨自一孤身，飛去飛來上錦茵。都緣出語無方便，不

得籠中再喚人。

〈燕離巢〉

出入朱門未忍拋，主人常愛語交交。銜泥穢污珊瑚枕，不
得梁間更壘巢。

〈珠離掌〉

皎潔圓明內外通，清光似照水晶宮。只緣一點玷相穢，不
得終宵在掌中。

〈魚離池〉

跳躍深池四五秋，常搖朱尾弄綸鉤。無端擺斷芙蓉朵，不
得清波更一遊。

〈鷹離鞲〉

爪利如鋒眼似鈴，平原捉兔稱高情。無端竄向青雲外，不
得君王臂上擎。

〈竹離亭〉

蓊鬱新栽四五行，常將勁節負秋霜。為緣春筍鑽牆破，不
得垂陰覆玉堂。

〈鏡離臺〉

鑄瀉黃金鏡始開，初生三五月徘徊。為遭無限塵蒙蔽，不
得華堂上玉臺。

這十首以民歌形式，借物陳情的詩篇，用意在表達薛濤內心的苦衷和
憤懣不平。她為每一個尋常的主題——犬、筆、馬、鸚鵡……等事
物，皆建立起一副生動的外貌，並訴說他們因事獲怨而離開安樂窩的
憾事。像是鸚鵡悲由嘴生、燕子因銜泥築巢而弄髒了主人寶貴的珊瑚
枕……，均在借物傾訴自己如怨如泣的不幸。薛濤除了託物以表自己
出語不慎、行事不羈的自責外，亦有歸咎韋皋過於苛求之意，遂含冤
負屈受罰赴邊，借〈十離詩〉以訴衷曲，並為她的無意過失做了合情
達理的解釋。細審十首詩之內涵，作者有著「出入朱門四五年」、「隴
西獨自一孤身」坎坷身世的沈痛傾訴；「有追風曾到日東西」、「無端

竄向青雲外」的嚮往自由心聲；並以「常將勁節負秋霜」、「平原捉兔
稱高情」的節操和抱負自恃；又道「無端攏斷芙蓉朵，不得清波更一
遊」、「為遭無限塵蒙蔽，不得華堂上玉臺」以示自己遭受不白的憤慨；
甚至寫下「無端咬著親知客，不得紅絲毯上眠」、「都緣用久鋒頭盡，
不得羲之手裡擎」的詩句，來對權貴提出控訴與指責。要言之〈十離
詩〉乃是薛濤處於惡劣環境及時勢使然下所作，通篇詠物或引躬自
責，或歸咎他人、或直陳過端，率以真情感受傳達她對權貴的乞求、
哀懇，甚而對統治者的抨擊與抗爭。如是之內容思想，更襯托出薛濤
不凡的人品和風骨。

　　總而言之，薛濤之詠物詩作，不論是物我雙寫，或者詠物見志，
體物寄意，甚而借物陳情、微寄諷刺，皆展現她慧黠的才思與伶俐的
文筆。在不即不離的內容中，充分發揮警闢的見地和不浮泛、不黏滯
的情意，是而《名媛詩歸》謂之：「……情到至處，一往而就。非才
人、女人不能。蓋女人善思，才人善述故也。」確為公允之佳評。

四、登臨抒懷

　　唐代社會較為開放，女詩人一如男子，或登臨發幽古之情，或覽
古寄諷今之懷，每每吟詩賦詞、擬曲作歌以見志。薛濤以其生活和身
份之殊遇，曾有親臨塞外的經歷，故登臨之餘，亦寫出情懷浩蕩，讓
鬚眉汗顏之作。試觀〈江月樓〉：

> 秋風彷彿吳江冷，鷗鷺參差夕陽影。
> 垂虹納納臥誰門，雉堞眈眈俯漁艇。
> 陽安小兒拍手笑，使君幻出江南景。

此詩為詩人登臨陽安（即唐時簡州）之江月樓所作。字面儘管著力描
繪她俯仰之際的景色，和江月樓的威嚴莊重，但是登高攬勝的開闊視
野，卻喚起她對飄泊生活的悸動與對故鄉的思念，在風物流利的詩意
中，蘊涵懷鄉之情。此外薛濤另有因感時諷政而作之〈籌邊樓〉一詩，
表現她非凡的識見與情志，頗為後來詩家所稱頌。其詩載曰：

> 平臨雲鳥八窗秋，壯壓西川四十州。
> 諸將莫貪羌族馬，最層屋處見邊頭。

正是詩人之生命情感，與國家社會之大生命，緊緊相連相扣的心聲。開頭二句，點明時令及籌邊樓據西川首府形勝之地，而著一「壯壓」之詞，不僅寫出此樓乃是和平安定的象徵，亦道出其軍事地位的重要性，於是，籌邊樓的氣概與神韻，俱在女詩人踔厲風發、登臨覽眺的詩興中呈顯出來。而今時移事異，登樓一望便見邊地之烽火，故詩人末二句將自己嚴正的譴責寓於沈痛的慨嘆中。蓋薛濤不僅以詩名重一時，且親聞親見十任節度使治蜀籌邊之事，因此「莫貪羌族馬」告誡諸將一句，正說明她累積豐富的歷史經驗所擁有的遠識卓見。據《舊唐書‧黨項羌傳》載：「大和、開成之際，其藩鎮統領無緒，恣其貪婪，不顧危亡，或強市其羊馬，不酬其值。」從而挑起邊釁之事屢見不鮮，以至西川省府成都亦面臨戰爭的威脅。透過今昔形勢的變化與朝廷用人的得失，女校書對時政、國家的關注憂慮之情躍然紙上，與杜甫「請囑防關將，慎勿學哥舒」（〈潼關吏〉）和「焉得附書與我軍，忍待明年莫倉卒」（〈悲青坂〉）有相似的憂時感事。正由於薛濤能踰越她那狹小的生活圈子，表現了一個具有社會意義的內涵，故她那高瞻遠矚、深謀遠慮的胸襟與見識，更反映出她鶴立群芳的才情。無怪乎清紀昀謂此作：「托意深遠，有魯嫠不恤緯，漆室女坐嘯之思，非尋常裙屐所及，宜其名重一時。」（《四庫全書總目提要》）

五、旅思閨怨

　　薛濤因地位、處境等因素，偶或羈留異處，旅次殊方，故其鄉土之思往往表現得格外濃郁、淒清。而其流於肺腑，感於際遇，見之本色的閨情詩作，更因以文人之筆寫怨女之思，以自身生活述縫綣之懷，故寫來真摯熱切，自然深刻，遠非男士所及。試讀〈江邊〉一詩：

　　西風忽報雁雙雙，人世心形兩自降，

　　不爲魚腸有眞訣，誰能夜夜立清江。

正是薛濤秋天等候信息的心情素描。詩人面對著可以生發萬千情感
動的景物——西風、大雁和無際的江水，以「人世心形兩自降」來
反映她廣闊的思路和伶俐的才氣。殆有規律又富變化的自然世界，
與感情豐富的內心世界總是互相起伏、互爲牽動的。又作者詩中所
用的喻詞，正好呈現她心靈思想趨於自由的心聲；一句「雁雙雙」
及「夜夜立清江」將詩人等待書信的至深至愛之情，傳達得纖細動
人。又如〈鄉思〉：

　　峨嵋山下水如油，憐我心同不繫舟。

　　何日片帆離錦浦，櫂聲齊唱發中流。

是詩人鄉關之戀，黍離麥秀之思的心情寫照。晚年瀕水而居的薛濤，
臨望沈沈的蜀水，思緒萬千，以「憐我心同不繫舟」道出思鄉念歸
的起伏心潮；末二句之自問自答，則說明不可能有機緣回故里。此
皆爲薛濤迫切回歸的心情流露，從而反映出詩人鄉思的深度和廣
度。簡言之，生活的變遷與情感的無依，使薛濤懷鄉之作透顯對和
平、安定、寧謐生活的嚮往，而把離鄉背井之歸思，寫得深情款款，
若訴衷曲。至於她的閨怨代表詩作——〈春望詞〉四首，則是薛濤
孤獨悲鳴的細訴：

　　花開不同賞，花落不同悲。

　　欲問相思處，花開花落時。（其一）

　　攬草結同心，將以遺知音。

　　春愁正斷絕，春鳥復哀吟。（其二）

　　風花日將老，佳期猶渺渺。

　　不結同心人，空結同心草。（其三）

　　那堪花滿枝，翻作兩相思。

　　玉箸垂朝鏡，春風知不知？（其四）

詩人以哀挽傷春之情，流露出對美好情事的流連與惋惜；而匆匆即逝
的情緣，更因對花開花落的傷悼而愈益淒麗。愛情生活的追求與期

望，是薛濤一生所企求的，無奈只能藉春光綺旎的生機，將永恆的眷念化爲「欲問相思處，花開花落時」的弦外之音。此四首組詩，以春望爲題，春花、春草、春鳥、春風貫穿相思、同心、同心、相思的一往情深，如是重疊詠歎、回環往復，將女詩人的幽恨悵歎，盡充盈字裏行間。因此，不論是從相思到垂淚，抑是從進求到失落，薛濤把「花開花落」這個濫調，藉著平實的詩語、簡樸的句法、深醇的情感，清楚地表達悲喜不能相共的思想主題。綜言之，〈春望詞〉四首，不見新奇怪異字眼，亦無典雅深奧內涵，其所以雋永蘊藉，即在詩人用淺近之語，抒發幽怨悵嘆，表達情眞意切的執著，無怪乎此組詩爲薛濤詩集錚錚之作，亦爲名滿蜀都的才女薛濤做了有力的佐證。

第四章　薛濤詩的藝術特色

　　劉熙載《藝概‧詩概》云：「……長篇以敘事，短篇以寫意；七言以浩歌，五言以穆誦。……」將傳統詩歌的寫志、抒情、聲調等特色，與詩的體裁做了一番深入淺出的歸納。誠如陸游名言：「文章本天成，妙手偶得之。」詩歌的創作亦然，但其藝術的表現方法，卻因詩人的才情個性與環境差異，而有傾向渾然天成或雕飾鍛鍊的風格特色。對於女詩人薛濤而言，其才華的表現即是在五、七言近體詩的大量創作之餘，展現詩貴乎情，情貴乎真的無斧鑿之痕，並透過修辭技巧、富於情趣理趣及平淡醇美的語言……而呈顯她「辭客停筆」、「公卿夢刀」〔註1〕的藝術功力。

第一節　形文聲文之美

　　元方回於《瀛奎律髓》序文中，談及唐五、七言近體詩：「文之精者爲詩，詩之精者爲律」點出詩歌藝術是一講求格律聲韻嚴整和言語修辭精鍊的綜合表現。至於《論語》所云：「詩可以興，可以觀，可以群，可以怨，邇之事父，遠之事君，多識於鳥獸草本之名。」則

〔註1〕　元稹〈寄贈薛濤〉詩云：「錦江滑膩峨嵋秀，幻出文君與薛濤。言語
　　　　巧偷鸚鵡舌，文章分得鳳凰毛。紛紛詞客皆停筆，個個公侯欲夢刀。
　　　　別後相思隔煙水，菖蒲花發五雲高。」

說明了論是從自己情懷的發抒、情志的涵養，到父母家庭、同事親友的應對上，詩歌的生活功能不外是以抒情言志爲其主要的藝術傳統。換言之，詩歌雖以賦比興之法駕馭抒情、寫景、敘事、說理的內涵，但其基本原動力仍是以敘情達意爲基礎點。因此，詩歌聲律與抒情的藝術性，使詩歌廣泛地可與書畫、音樂、戲劇、小說……結合，殆皆緣於它有形文與聲文美的特質，而非一組組淡而寡味的文字遊戲。薛濤詩作的形文、聲文之美，約可從以下幾方面窺知：

一、句　式

　　今存濤詩以五、七言爲主，亦有少部分六言之作。傳統的四言詩如《詩經》以及四六駢體文，如是之偶式句子，形式上不但呈現四平八穩之態，一旦深究其音律，則音節便顯出安定、莊重而平穩之節奏。濤詩〈詠八十一顆〉：「色比丹霞朝日，形如合浦圓璫。開時九九知數，見處雙雙頡頏。」便是此類代表作。至於五言單式句，相對四言來看，就顯得活潑動盪些，其詩意亦取代四言兩句八個字的功能而益加豐贍。儘管五言單式句，基本上與後來散文的發展尚有一段差距，但詩畢竟是一種語言，多少受散文語言的影響，所以言語一旦豐富，便愈趨向繁雜、活潑，七言遂因應而產生。濤詩中的五絕相對七絕而言，前者質樸古淡，崇尚自然眞趣；後者體貌較高華流麗，每顯風神搖曳。詩語的句式所呈現出來的聲情風調，正如《詩藪‧內編》所道：「五言絕尚眞切，質多勝文；七言絕尚高華，文多勝質。」簡言之，五言字少，音節安詳舒緩，近乎口語語調，故結構宜嚴謹，語言宜質樸，方能表現內涵的渾成氣象。而七言不論是悲慨抑是喜頌，尾字是仄收或平收，誦讀略有異於尋常語調，是以聲情表現便每見詩人才氣縱橫，色彩絢爛而音節瀏亮。前者濤詩如〈鴛鴦草〉、〈池上雙鳥〉正體現近乎民歌口吻般質樸的詩語和物理人情互相關切的情意；後者如〈送友人〉、〈上川主武元衡相國〉二首、〈籌邊樓〉等，皆是氣象萬千，情韻綿邈富有才氣之作。

二、語　言

　　詩歌是日用語言的變形。在語音方面，鑄詞造語率依格律，成形音樂美；在遣詞造句方面，或改變詞性、顛倒詞序，省略句子成份（如連、介詞），形成重意合而不重形合的特色。如此一來，語言的容量與彈性增加，取得詩歌語言多義性的功能，從而強化語言的啟示性。由於詩歌語言的不同，會改變詩的氣氛，如多用一些虛詞、語氣詞、口語式、疊韻、雙聲字，便會使詩的音樂性凸顯，歌唱性增加；倘若全首詩均用名詞實字，則流露比較厚重、嚴肅的詩情。因此，可知文學是語言的藝術，而詩的媒介便是語言。試從薛濤詩語之鍊字技巧探究其近體詩豐富的聲情。

（一）詩　眼

　　「詩貴鍊字。字者，眼也。……然以意勝，而不以字勝，故能平字見奇，常字見險，陳字見新，樸字見色。」（《中國詩學通論》）一般而言，詩眼之位置，通見於五言句之第三字，七言之第五字，偶有鍊第二字，或鍊末後一字。濤詩〈海棠溪〉：「春教風景駐仙霞，水面魚身總帶花。」前句用「教」、「駐」二個動詞來寫海棠花色來之不凡，並將海棠花映景映色的生動畫面傳達無遺。下句一個「總」字，道出海棠花之繁，因繁茂而落紅無數，飄滿水面，彷彿水中花瓣總是追逐魚兒，形成一幅「魚身帶花」的鮮麗畫面。由是花色因春意而益發盎然醒目，魚游因帶春花而生機靈動，率因鍊字之功也。又如〈送鄭眉州〉：「雨暗眉山江水流，離人掩袂立高樓。」第二句描寫離人登樓遠望，一個「立」字，說明離人心情與身形的凝滯與沈重，望著滾滾江水，想著茫茫前程，不願挪動他的身軀及腳步，產生了「舟疑滯於水濱，車逶遲於山側」（〈別賦〉）的藝術效果，表達了離人依依不捨的深情。此外，〈秋泉〉一詩：「冷色初澄一帶煙，幽聲遙瀉十絲弦。長來秋上牽情思，不使愁人半夜眠。」末二句以「牽」字將秋泉擬人化，牽動著泉流「一帶煙」的蒼茫空間而進到

閨房；牽引著泉瀉「十絲弦」的不絕如縷愁緒，來到了枕上人的愁
腸。下一個「牽」字，既符合秋泉「一帶」的形象，又切合撩撥「十
絲弦」的動作。如此一來，自然之景與人事之情互相牽繫著，透過
擬人手法，詩眼點化，泉咽水瀉帶給情幽腸愁的枕上人無盡的情思
牽絆與無垠的愁緒繚繞！從語言詩化的角度觀之，詩眼的佈置，無
疑使詩意形象鮮明，且詩情含義飽滿，透過動詞擬人化，把審美形
象的情態寫的出神入化，收到了化靜爲動、化無生命爲有生命的藝
術效果。也正是詩人匠心獨具，點石成金的藝術表現。再如〈籌邊
樓〉一詩：「平臨雲鳥八窗秋，壯壓西川四十州。」以高樓上所見到
蕭清寥闊的秋天景象，引領讀者產生對籌邊樓形勢高峻的意象。第
二句以「壯」字渲染了樓的宏偉氣勢，但著一個「壓」字卻使詩句
氣象不凡，力透紙背。不僅寫出了籌邊樓據西川首府形勝之地，同
時也將李德裕建樓的目的，以及籌邊樓所能起的重大作用〔註 2〕，
都能蘊含其中。張篷舟於《薛濤詩箋・濤詩評價》中亦爲此進一步
說明：「濤詩明夸籌邊樓壯麗，暗譽李德裕之精明，固易知矣。」如
此鍊字得法，使詩意簡潔有力，猶如畫龍點睛，令人留下鮮明深刻
之印象。故明王世貞《藝苑卮言》卷一謂：「語欲妥貼，故字必推敲。
一字之瑕，足以爲玷；片語之纇，並喪其餘。」又宋胡仔《苕溪漁
隱叢話》卷九云：「詩句以一字爲工，自然穎異不凡，如靈丹一粒，
點石成金也。」又楊載《詩法家數》云：「詩要鍊字，字者，眼也。」
如老杜詩：『飛星過水白，落月動沙虛。』鍊中間一字。『地坼江帆
穩，天清木葉聞。』鍊末後一字。『紅入桃花嫩，青歸柳葉新。』鍊
第二字。」率皆說明詩眼的作用，主要在加強意象的生動與詩意的
深刻雋永，從而使詩情更加扣人心弦。

〔註 2〕 《一統志》：「籌邊樓在成都府西，李德裕建。」《新唐書・李德裕傳》
云：「按南道山川險要與蠻相入者圖之左，西道與吐蕃接者圖之右，
其部落眾寡、饋餫遠邇，曲折咸具。德裕與習邊事者籌畫其上，凡
虜之情僞盡知之。」

（二）設　字

　　詩人於詩句中，或下俗語、或用虛字，或以疊字入詩，或以數詞入詩，或嵌字以複沓……，均會使詩的音調鏗鏘，從而改變詩的聲情表達。

　　以用虛字爲例——濤詩〈罰赴邊有懷上韋相公〉詩中：「聞道邊城苦，而今到始知。」一個「而」字，將駭人聽聞之感轉爲親歷親受之訴，其心之委屈苦楚盡在不言中，有類陶潛「結廬在人境，而無車馬喧」的而字偶然入妙，以求自安的聲情表現。又如〈送友人〉一詩，末二句謂「誰言千里自今夕，離夢杳如關塞長。」就形式言之，當中的「如」字乃表狀態；就意義言之，此「如」字兼有語助詞「兮」字的功用。因此，「杳如」讀來有唱嘆之餘韻，再配合著曲折的詩情，將薛濤相思情意的執著，表現得淋漓盡致！

　　以疊字入詩爲例——疊字又稱雙字、複字。詩用疊字，可以上溯自《詩經》，如〈小雅〉：「蕭蕭馬鳴，悠悠斾旌」、「楊柳依依，雨雪霏霏」等。此後，千古詩人受用不盡，如〈古詩十九首，青青河畔草〉：「青青河畔草，鬱鬱園中柳。盈盈樓上女，皎皎當窗牖。娥娥紅粉妝，纖纖出素手。」連用六對疊字，描繪一片豔陽春景。薛濤飽讀詩書，積學才高，其疊字運字之廣，固不可勝數；而運用之妙，不拘一格，亦多可見。如〈鴛鴦草〉：「兩兩鴛鴦小」；〈蟬〉：「聲聲似相接」；〈春望詞〉之三：「佳期猶渺渺」；〈送友人〉：「月寒山色共蒼蒼」；〈酬杜舍人〉：「撲手新詩片片霞」；〈詠八十一顆〉：「開時九九知數，見處雙雙頡頏。」；〈四友贊〉：「引書媒而黯黯，入文畝以休休。」；〈金燈花〉：「闌邊不見蘘蘘葉，砌下惟翻豔豔叢。」；〈江月樓〉：「垂虹納納臥譙門，雉堞眈眈俯漁艇。」；〈謁巫山廟〉：「朝朝夜夜陽臺下」……有用於句首，有用於句末，或用於上腰、或用於下腰，大抵不外形容之意。其疊字運用不僅繪其形，摹其聲，進而展現姿態，傳達神韻。在句句聲諧義恰的疊字中，充分達到感情深化的作用，遂有聲情搖曳協婉、節奏舒緩蕩漾之妙。

　　以數字入詩為例──數字於生活中有著廣泛的用途，常與量詞連用，除顯示事物的數量外，亦反映其存在的規模及發展的程度。因此，詩人運用數字來描摹事物及反映生活，是極其自然且隨處可見的。薛濤運用數字入詩，或寫出確切的數量概念，予人具體印象，以增強詩歌的真實性。如〈詠八十一顆〉：「開時九九知數，見處雙雙頡頏。」；〈聽僧吹蘆管〉：「言語殷勤十指頭」；〈酬文使君〉：「五馬騰驤九陌塵」〔註3〕……。此外，誠如宋王楙《野客叢書》所云：「文士言數目處，不必深泥，豈可拘以尺寸。」是以數字入詩，更多為虛指之用，強調抒情功能，借誇飾作用以渲染氛圍，加深藝術感染力。如〈柳絮詠〉：「他家本是無情物，一向南飛又北飛。」；〈送友人〉：「誰言千里自今夕，離夢杳如關塞長。」；〈贈遠〉：「知君未轉秦關騎，日照千門掩袖啼。」；〈上王尚書〉：「手持雲篆題新榜，十萬人家春日長。」；〈籌邊樓〉：「平臨雲鳥八窗秋，壯壓西川四十州。」……皆以數字結合了作者的立意、主題的表達和情感的抒發，從而突顯形象並增加情韻，達到聲情並茂的藝術效果。

　　以重字穿插入詩為例──詩歌中的遣詞設字，或是重字穿插，以強化詩的音樂性，喚起視聽的效果，產生前後呼應的迴盪功能。薛濤〈春望詞〉之一：「花開不同賞，花落不同悲。欲問相思處，花開花落時。」一、二、四句分別嵌有「花開」、「花落」，如此穿插複現，除強調主題外，益使辭采融化於無間，非但未顯得板滯，反而有類歌謠般地傳神而饒富詩趣，毫無斧鑿痕跡。

　　以雙聲疊韻入詩為例──王國維《人間詞話》云：「余謂苟於詞之蕩漾處多用疊韻，促節處用雙聲，則其鏗鏘可誦，必有過於前人者。」又李重華〈貞一齋詩說〉云：「疊韻如兩玉相叩，取其鏗鏘；雙聲如貫珠相連，取其宛轉。」茲觀濤作〈江月樓〉：「秋風彷彿吳江冷，鷗

〔註3〕　《漢官儀》：「四馬載車，此常禮也。唯太守出則增一馬，故稱五馬。」
　　　　至於九陌乃因都城大道共九條故稱九陌。此句乃言文使君新受皇恩，貴盛無比。

鷺參差夕陽影。」及〈詩新服裁製初成〉之一:「仙霧朦朧隔海遙」、〈斛石山曉望寄呂侍御〉:「旋擘煙嵐上窅冥」等雙聲疊韻複詞,或是如〈風〉詩:「松徑夜淒清」;〈酬人雨後玩竹〉:「蒼蒼勁節奇」;〈秋泉〉:「冷色初澄一帶煙」;〈聽僧吹廬管〉:「……言語殷勤十指頭……散隨金磬泥清秋」;〈酬吳使君〉:「高齋咫尺躡青冥」;〈贈遠〉:「閭閻不知戎馬事」等雙聲疊韻之語,且不論是雙聲或疊韻,雖聲情之鏗鏘、宛轉、蕩漾、促節的細微區別,未必盡然,但是皆為藉聲音節奏以增加音樂美的修辭手法,同時也在無形中增強了詩歌抒情的效果。

三、聲拍節奏

　　詩歌向來具備了聲音上合於音律節奏,而悅於聆賞吟味的特性。此肇於其合乎自然律動而富於音樂感的聲拍音節。因此,濤作齊言詩(五、七言)中的單式句裡,若句中的節奏不同,聲情便有所差異。以其中五言詩為例,如〈風〉:「獵蕙——微風——遠,飄弦——暎———聲。林梢——明——淅瀝,松徑——夜——淒清。」;〈蟬〉:「露滌——音清——遠,風吹——故葉——齊。聲聲——似——相接,各在———一枝——棲。」兩首詩句中的頓節,率由音義安排。同是五言單式句的整體形式,卻有雙音,單音頓尾之別;若再賦以單音頓尾之平、上、去、入,則詩句之長短聲拍與平仄音響(一般而言,單音頓尾,非平聲時,可以短讀為半頓;平聲押韻時,則可以延長為雙音一頓),便深深改變了詩的氛圍,聲情也因句式中之單、雙音節而有急促、平穩的差別。由是言之,詩人既要用語言所蘊涵的意義去影響讀者的感情,又是運用錯綜而迴環的聲拍節奏去感動讀者的心靈,使詩歌產生音樂的效果及抒情的傳統藝術,從而使詩歌聲情的表現更為豐盈而動人。

四、音調韻部

　　音調是用詞音樂之間整體美的表現。詩歌篇章主要借助平仄的組

織以造成音調的和諧及歌詠吟誦的特質，也緣此和諧的音調以表達詩歌的思想內容，增加藝術的感染力。音調的諧與拗，端賴思想內容表現的需要而定，只要運用得當，便是聲情和諧，聲情並茂。以薛濤詩作觀之，五言絕大多爲平聲韻，如〈池上雙鳥〉，〈蟬〉爲上平韻，〈風〉爲下平韻。至於古體絕句〈春望詞〉四首更以上、下平聲韻與上聲韻遞用；〈鴛鴦草〉以十七篠「小」，十九皓「早」之上聲韻隔韻互用。以上數首詩作分別傳達了平韻和暢，上去韻纏綿的聲情，以及〈春望詞〉四首換韻所造成的感情曲折與迴蕩的藝術效果。

　　至於韻部與聲情的關係，王易《詞曲史》中有整體的說明：

　　韻與文情關係至切……東董寬洪，江講爽朗，支紙縝密，魚語幽咽，佳蟹開展，眞軫凝重，元阮清新，蕭篠飄灑，歌哿端莊，麻馬放縱，庚梗振厲，尤有盤旋，侵寢沈靜，覃感蕭瑟，屋沃突兀，覺藥活潑，質術急驟，勿月跳脫，合盍頓落，此韻部之別也。此雖未必切定，然韻近者情亦相近，其大較可審辨得之。

依此判之，則濤詩〈西巖〉：「憑闌卻憶騎鯨客，把酒臨風手自招。細雨聲中停去馬，夕陽影裏亂鳴蜩。」所以押蕭韻（招、蜩）而呈顯的把酒臨風倜儻形象，正符合了薛濤登臨瞭望的飄逸瀟灑情懷。又〈十離詩・魚離池〉：「跳躍深池四五秋，常搖朱尾弄綸鉤。無端擺斷芙蓉朵，不得清波更一遊。」其描述魚兒優游有餘的自由生活，爲一朝無心的擺斷池中花朵而離開自在安然之所，其心情的徘徊徨逳與尤韻（鉤、遊）的盤旋不定聲情頗爲相得益彰。若以押韻之字的發音部位與聲情關係來看，合口韻所產生的如泣如訴之音，與〈罰赴邊上韋相公〉詩中「重光萬里應相照，目斷雲霄信不傳。」的低沈心情，無異也是聲情合一的表現！

第二節　技巧表現

　　薛濤詩作的藝術性，縱然未能與詩仙李白、詩聖杜甫等唐代有名

詩家同日而語，但其受人讚頌的詩篇爲數不少，殆因女詩人的創作技巧確有不凡的表現。

一、詠物細緻，用典靈活

詩人體物，每以物而興懷。薛濤流連萬象之際，沈吟視聽之區，或隨物賦形，或屬采圖聲，故山林皋壤、草木蟲魚、樓閣建築……無不進入其詩文之奧府。觀此，薛濤詠物往往因物喻志而傳情，或借物引懷而抒興，或敷陳寫物而切狀，要之以賦、比、興展現其細密又敏銳的文思。

且觀濤以動物、器物、植物寫入人情世事的〈十離詩〉。其內容爲犬離主、筆離手、馬離廐、鸚鵡離籠、珠離掌、魚離池、鷹離韝、竹離亭、鏡離臺，此十首連串而成的組詩，率由託物起興及繪聲寫影描狀著意──寫鷹「爪利如鋒眼似鈴」；寫珠「皎潔圓明內外通」……進而擬人比況，賦物態以人情，表現耐人尋繹的苦衷與憤懣。又如〈罰赴邊上韋相公〉詩云：「螢在荒蕪月在天，螢飛豈到月輪邊。重光萬里應相照，目斷雲宵信不傳。」是作者以感情重新塑造螢與月，將自己和韋皋因時空分隔所起的無消無息惆悵，移情於彼，遂使月與螢頓時活生靈現，構成「驚心濺淚」的情感深化作用，而人情意態的隨物汲取，更見薛濤詠物的用心。再如一首〈風〉詩：「獵蕙微風遠，飄弦唳一聲。林梢明淅瀝，松徑夜淒清。」對於看不見、摸不著的風，一經薛濤從聽覺、感覺方面的描繪，則使人如睹其形，如聞其聲，風遂成爲可見可感之物。僅僅四句，將風由遠而近，又倏忽而逝之來無影去無蹤的形象，寫得活靈活現，而風過後的淒清之感，亦描述得十分逼眞。另外，濤的〈酬人雨後玩竹〉一詩，從竹兼有「梅」的衝寒犯雪與「蘭」的翠色長存之精神和品質著筆，突出了竹的高直與疏蕭之特性，道出「虛心能自持」及「蒼蒼勁節奇」的君子美質。除此之外，薛濤〈段相國游武擔寺病不能從題寄〉一詩中的「消瘦番堪見會公，落花無那恨東風」及〈酬辛員外折花具遺〉一詩中的：「一枝爲授殷勤意，把向風前旋旋開。」都強調花是

詩人心靈的慰藉，或盛開、或凋零，或有意、或無情，無時不在分享著詩人的喜怒哀樂與悲歡離合。

由上數例，吾人可以瞭解薛濤詠物時，不論是託物寄興，抑或移情於物，或借物寓諷，莫不以豐贍的情感、細致的觀照與眞情的流露而奔放入詩，既賦予事體靈性，且寫來栩栩如生。正如清俞琰《歷代詠物詩選》序中所云：「……詠物一體，……其佳者往往擬諸形容，象其物宜，不即不離，而繪聲繪影……」又云：「詩者發於志，而實感於物。詩感於物，而其體物者，不可以不工；狀物者，不可以不切。……」是知薛濤體物狀物一本縝密的觀察力及細致的表現手法，既扣緊事物予以深刻描繪，亦能就事物雙關著人情世態而使心物交融，故能窮物之情、盡物之態、擬物之聲、極物之感，可謂體物得神矣！

至於用典技巧，《文心雕龍・事類》篇中云：「事類者，蓋文章之外，據事以類義，援古以證今也。」又謂：「明理引乎成辭，徵義舉乎人事，乃聖賢之鴻模，經籍之通矩也。」雖此指文章，對詩歌而言，亦復如此。用典包含用辭與用事，前者即引乎成言，後者則指舉乎人事。引乎成言是將經史子等典籍舊語、詩文成辭，剪裁化入詩中；舉乎人事則引歷史、神話、傳說、寓言、故事入詩，兩者之效用不外喚起聯想，將千言萬語化爲隻字片語，以擴大詩意，增加詩歌的含蓄典雅。

就引乎成言，薛濤〈酬雍秀才貽巴峽圖〉詩中「感君識我枕流意」即化用《世說新語》孫子荊所言：「所以枕流，欲洗其耳；所以漱石，欲礪其齒。」之成辭，表示感謝贈畫者對她隱逸礪志的支持。又如〈謁巫山廟〉一詩，其頸聯「朝朝夜夜陽臺下，爲雨爲雲楚國亡」化用了〈高唐賦〉中「妾在巫山之陽，高丘之阻，且爲朝雲，暮爲行雨。朝朝暮暮，陽臺之下。」的原句，以寫神女之行踪和變化，由此可見薛濤之學養頗高！再如〈送友人〉一詩之首二句：「水國蒹葭夜有霜，月寒山色共蒼蒼。」巧妙地化用了《詩經・秦風・蒹葭》：「蒹葭蒼蒼，白露爲霜。」中的懷人意境，在節錄名句的同時又兼顧詩意，頗能予人「秋水伊人」之思，不僅成功地渲染出送別的氣氛，同時也不著痕

跡地將其一腔酸楚隨著蒹葭、山色「共蒼蒼」的意涵而盈滿。至於「離夢杳如關塞長」句係反用沈約〈別范安成〉詩中「夢中不識路，何以慰相思」之意，又從唐張仲素〈秋閨思〉：「夢裏分明見關塞，不知何路向金微」翻出，由是道出夢境縹渺，且寸步不離行人的相思之情。正由於此詩引用翻新，不事藻繪，故寫來含蓄蘊藉，寄寓情深，似有「千里共明月」、「天涯若比鄰」的境界。緣此，則詩人情意的執著，不見淒清寥落之慨，反而有觸處逢春的生意，頗教人玩味。所以明鍾惺《名媛詩歸》評稱：「月寒乎？山寒乎？非『共蒼蒼』三字不能摹寫。淺淺語，幻人深意，此不獨意態淡宕也。」正是薛詩用典精切自然的最佳說明。

　　就舉乎人事而言，薛濤〈送鄭眉州〉詩中「獨有羅敷望上頭」乃用羅敷作〈陌生桑〉之典以自明守貞，表達詩人對情同丈夫之離人的思念情懷。另如〈贈遠〉詩其二：「錦字開緘到是愁」，此詩採用《晉書・竇滔妻蘇氏傳》中蘇蕙織錦回文圖詩以贈滔之淒婉韻事，將元稹與自己的關係比作夫妻，並藉此典故表現委婉曲折，令人稱讚的藝術效果，同時也呈現薛濤積學力久的文化素養。再者，濤寫給段成式之〈贈段校書〉一詩：「玄成莫便驕名譽，文采風流定不如」則語出《漢書》謂西漢韋賢之子——玄成「守正持重不及父賢，而文采過之。」的比喻，可謂活用「明典」的技巧表現。此外，濤之〈酬人雨後玩竹〉詩中謂「多留晉賢醉，早伴舜妃悲。」是以晉代嘯遊於竹林、清高不阿的高士嵇康、阮籍等「竹林七賢」，以及傳說中為悼念舜帝而淚灑竹成斑的兩位妃子娥皇、女英，作為讚頌竹子之堅貞傲骨的引證。餘如〈送盧員外〉詩中末二句言「信陵公子如相問，長向夷門感舊恩。」乃使用《史記》信陵君魏無忌之典〔註4〕以暗示主客關係，淒涼之中

〔註4〕　《史記・魏公子列傳》曾載有此典故，其意乃言魏隱士侯嬴為大梁夷門監者，老且貧，信陵公子魏無忌卻迎他為上賓。之後，秦圍趙，趙王求救於魏，侯嬴為公子籌劃計策，使如姬竊兵符，信陵君因得奪晉鄙軍而救趙，侯嬴則自刎以報公子之恩。

透出雄壯之氣，具有詠史詩的力度。由此可窺知由於薛濤對史實的熟稔，致使詩作用典靈活，不見餖飣堆砌之跡。

綜上之例，不難體會詩人運用典故以使詩歌意象鮮明的用心，及在以古喻今、化用詩語中，所呈顯加強詩意的深婉，增添詩境的深度，強化詩語的凝鍊之美的渾然功力。因此，薛濤詩用典，無論用辭或使事，均能自然渾成，使詩情與詩境具象化且深刻化，此正是她匠心獨運之藝術技巧的最佳說明。

二、巧於構篇，妙於轉折

《文心雕龍》曾謂構思乃「馭文之首術，謀篇之大端。」在詩歌的謀篇佈局中，詩人總是精心構思，選擇最佳表現方式，期以突出主題，經營意境，凝鍊詩情。要言之，藉著詩作的合理佈局，體現詩人巧於構篇，妙於轉折的藝術手法，正是詩人展現章法嚴謹的技巧表現。

茲觀薛濤〈十離詩〉之構篇，大抵循一固定模式著意：以表達十種物體受寵時備受禮遇的風光，和隨即因無意過失而導致失寵與冷漠之際遇，作為通篇詩作的章法。試舉二首為例，以見其謀篇技巧。

> 雪其紅毛淺碧蹄，追風曾到日東西。
> 為驚玉貌郎君墜，不得華軒更一嘶。（〈馬離廄〉）
> 蓊鬱新栽四五行，常將勁節負秋霜。
> 為緣春筍鑽牆破，不得垂陰覆玉堂。（〈竹離亭〉）

每首四句，首二句皆言某物之珍異與價值，點出此乃贏取主人珍愛之由；第三句為全詩轉捩點，描述無端無意之過失，繼而末句道出悔嘆心聲與從此遭受棄置的命運。如是借物陳情，加上第三句的轉折，尤寄予人無限憐憫與同情！此正是薛濤罰赴松州寄語韋皋的心聲，也是其詩作中善於宛轉變化以訴衷情的代表作。簡言之，〈十離詩〉構思伶俐，不見色衰愛弛的團扇悲嘆，反而出之以情理為其辯解，側面且委婉地說解她個人的無心之過。故鍾惺《名媛詩歸》道：

> 〈十離詩〉有引躬自責者，有歸咎他人者，有擬議情好者，
> 有直陳過端者，有微寄諷刺者，皆情到至處，一往而就。……

的確爲公允之評述。由於鍾惺深知女詩人的艱難處境和受屈莫辯的痛苦心情，故能於十首借物陳情詩作中體會到薛濤的不滿與擇善固執。

李畯《詩筏橐說》：「七言絕句……不難於發端，其轉換之妙，全在第三句。若第三句得力，則末句易之。」今觀薛濤絕句，其構思之巧，妙在第三句之轉折者甚多，其表述方式乃呈多樣化。如以反詰語氣領起作轉折處──且看〈和李書記席上見贈〉：「借問風光爲誰麗？萬條絲柳翠煙深」及〈寄張元夫〉：「借問人間愁寂意，伯牙弦絕已無聲。」一語「借問」細膩地顯示詩人心靈深處的微妙變化，正因轉折得法，頓時使全首詩作生動有致。又如以表疑問句領起作轉折者──如〈菱荇沼〉：「何時得向溪頭賞，旋摘菱花旋泛舟。」及〈題竹郎廟〉：「何處江村有笛聲，聲聲盡是迎郎曲。」及〈酬郭簡州寄柑子〉：「何處同聲情最異，臨川太守謝家郎。」及〈春郊遊眺寄孫處士〉其一：「何事碧雞孫處士，伯勞東去燕西飛。」不論是「何時」、「何處」、「何事」，皆爲七絕營造出婉曲回環的詩意！

詩以意爲主，以意運「起承轉合」於規矩之外，方能另闢新境，翻出新意。濤詩〈江邊〉一詩：「西風忽報雁雙雙，人世心形兩自降。不爲魚腸有眞訣，誰能夜夜立清江。」首句以寫景起興，第二句則虛寫以言立在江邊的感受與情緒。到第三句則作一頓折，將前二句從時間上予以虛實結合，表達出若非爲了等待那充滿眞摯話語的書信，誰又會昏亂癡迷地夜夜站立清江邊上守候著！一個轉折佈局，將單薄的孤寂身影襯托得如此感情醇厚。試再讀其〈海棠溪〉一首：「春教風景駐仙霞，水面魚身總帶花。人世不思靈卉異，競將紅纈染輕紗。」基於作者對海棠花的鍾愛，第三句起筆鋒陡轉，由愛之極而生憾之極！人世中有誰能理解海棠花的仙氣與靈氣，竟然競相以人工染就的紅紗，欲與自然天造的海棠花色一較妍麗。如此的喟嘆，更見薛濤敏感又豐贍溫潤的內心世界。此外，〈送友人〉一詩中，其第三、四句云：「誰言千里自今夕，離夢杳如關塞長。」「誰言」此語一出，似乎

要一反「千里佳期一夕休」（李益詩）的遺憾，不欲作「從此無心愛良夜」的苦語。與前二句「水國蒹葭夜有霜，月寒山色共蒼蒼」隱含的離傷構成一個曲折，表現出相思情意的執著。

沈雄《柳塘詞話》云：「所謂無理而妙者，非深情者不辨。」薛濤周旋於交際場合，囿於身分地位的特殊，男性對待其輩的態度，或酬志歡答，宛若知心朋友；或親暱纏綿，好似比翼雙飛，但終究非永久相隨的伴侶。因此，表現於與賓客名士應答的詩作中，薛濤善於以必無之事，寫必有之情，將詩的感情思想表達得逸趣橫生，予人無理而妙的藝術感受，產生無理之中見眞情、深情與癡情的巧妙構思。且觀〈贈韋校書〉一詩中之第三、四句：「淡池鮮風將綺思，飄花散蕊媚青天。」作者將鮮風與青天用綺思相連，進而揣摩飄花散蕊的形態，並營造出「媚悅」的姿態。如此近乎憑空想像的理趣，卻把薛濤用情之分寸的難以拿捏，及個人情癡又不得不動情的感情矛盾，毫無保留地傳遞出來。由是空自傷情的主題，便隨詩人匠心獨運的謀篇技巧而一窺端倪。

總而言之，薛濤絕句之妙境貴在轉句生意，或刪蕪就簡以表詩思；或語氣轉折以示清志；或無理構思以展妙趣……其不外從句中生意，意中生法，法動而詩意跌宕起伏。因此，在詩緣情而綺靡的動人前提下，巧妙的構思與靈活的轉折，正是薛濤詩作蘊藉雋永、百讀不厭的因素之一。

三、象徵對比與巧譬妙喻

薛濤詩歌體裁多半短小，但蘊涵之意象卻十分豐富，藉著象徵與譬喻手法，使意象之組合趨於靈活，詩義更豐富，並加大感情的容量。因此，詩歌藝術的技巧表現，在於詩人駕馭文字的能力表達，薛濤更充分運用了她這方面的才華，將詩歌創作帶給讀者一番生動而不粘滯的氣象。

大自然是一個詩歌意象取之不盡、用之不竭的源泉。是故，面

對著一片無垠的自然風景，詩人的情思易於假托而具象化，在簡易
無奇的詩句中，繫以精、氣、神，而產生模擬自然事態，逼真於客
觀造象的象徵技巧。舉如薛濤〈柳絮詠〉：「二月楊花輕復微，春風
搖蕩惹人衣。他家本是無情物，一向南飛又北飛。」及〈送姚員外〉：
「萬條江柳早秋枝，裊地翻風色未衰。欲折爾來將贈別，莫教煙月
兩鄉悲。」此兩首詩皆溯源於大自然楊柳的象徵——既傾訴離別以
之為無情的暗示；又表依依留戀以之示重貞節的有情意象。如是由
感知的事物象徵抽象的意義所產生之雙重的情致，對比的情韻，正
刻劃著詩人因情深而不捨別的矛盾與感傷。難能可貴的是，薛濤更
以象徵的手法抒寫政治的感慨，運用對比的技巧揭露社會階級的壓
迫。如〈罰赴邊有懷上韋相公〉詩：「聞道邊城苦，而今到始知。卻
將門下曲，唱與隴頭兒。」其中末二句，詩人以「門下曲」、「隴頭
兒」此客觀事物象徵其今昔落差的情緒，並藉字格的對仗產生詩意
上的對比，傾訴「春閨夢裡人，無定河邊骨」的悲切，與對在位者
屈解誤判的警諷。另觀濤作〈江邊〉首句「西風忽報雁雙雙」及末
句「誰能夜夜立清江」，則是以雙雙雁象徵該是與家人團聚的時序，
並反襯詩人孤寂的背景；同時從「夜夜立」與「雁雙雙」的兩相呼
應，形成鮮明的對比，揭示詩人「人世心形兩自降」的感慨與深沈
的孤寂。此外，薛濤於〈籌邊樓〉一詩，道「平臨雲鳥八窗秋，壯
壓西川四十州」以寫巍峨高樓，肯定李德裕的戍邊功勞；又云「諸
將莫貪羌族馬，最高層處見邊頭」以謂諸將貪婪無能，致蜀地不安。
四句前後樹立反議論，用對比手法尖銳地揭露當時邊防諸將的掠奪
之失，借樓抒情與譏諷，意味深長，發人深省。餘如對形似景觀的
營造，透過詩言宣物的集中與概括，以對比手法，寓鮮明意象於具
體事物，造成神韻的變化，加強藝術的感染力，皆是薛濤象徵對比
技巧的高度運用。茲以〈西巖〉、〈江月樓〉二詩為例：

　　憑闌卻憶騎鯨客，把酒臨風手自招。

　　細雨聲中停去馬，夕陽影裡亂鳴蜩。(〈西巖〉)

秋風彷彿吳江冷，鷗鷺參差夕陽影。

垂虹納納臥誰門，維堞眈眈俯漁艇。

陽安小兒拍手笑，使君幻出江南景。（〈江月樓〉）

〈西巖〉以「憑闌」起首，此一詞乃自古詩詞寓寄感情的象徵姿態，傳遞著文人懷遠，吊古，或抑鬱愁苦、慷慨悲涼的感情〔註5〕。是故由憑闌憶客始，把酒、臨風、招手盡是人世間俗事俗態，然而隨即將感情凝鍊於雨中之停馬，夕蔭中之鳴蜩，詩人心中之幽情雅意便汩汩而出。〈江月樓〉則由景物的莊重典雅，爆出通俗的「陽安小兒拍手笑」，終接「使君幻出江南景」，造成數氣呵成，不鄙且拙樸之美。以上二例，將雅俗濃淡之對比，通過指事造形、窮情寫物的象徵手法，表現出詩人的傷感、幽情、心志……，呈現她言眞、道善、敘美的藝術技巧。

至於譬喻技巧的運用，或喻形狀、喻色彩、喻動態、擬神態，透過詩人思維的感通、夸飾的修辭，使詩的比況呈現更具體、形象化的感染力，會人易於接受感知，如親歷目睹，如親聞其聲。茲舉濤詩〈春望詞〉爲例，其一云：「花開不同賞，花落不同悲，欲問相思處，花開花落時。」乃以「花」爲喻依，主要形容「相思」這個喻體，使相思的主題於花開、花落的比擬掩映下，通過隱喻的暗示，令人餘韻繚繞。再如〈送友人〉一詩，其謂「水國蒹葭夜有霜，月寒山色共蒼蒼」，化用《詩經》「秋水蒹葭」的深層意義、精神意境，以喻男女追求理想愛情的心境與努力，藉以表達薛濤對感情遇合無期的執著。此外，〈柳絮詠〉一詩中，詩人運用「春風搖蕩惹人衣」的詩句，傳達柳絮隨風飄蕩的特質，作爲無法掌握自己命運的形象比喻與自我寫照；繼則言「他家本是無情物，一向南飛又北飛」借楊柳花絮的南北飛揚，

〔註5〕 憑闌一同倚闌，是詩詞當中表達濃郁感情和韻味的象徵。如杜牧〈初春有感寄歙州邢員外〉：「聞君亦多感，何處倚欄杆？」正說明倚闌是寓寄情感的方式。又如李煜〈浪淘沙令〉：「獨自莫憑欄，無限江山，別時容易見時難。」馮延巳〈鵲踏枝〉：「一晌憑欄人不見，鮫綃掩淚思量遍。」皆說明憑欄常和某種激動的感情聯繫在一起。

比喻負心郎的朝三暮四、用情不專。如是索物以託情，貼切又傳神的妙喻，確實將客觀物象與主觀情感緊密結合，創造出飽滿的藝術形象，也使詩歌充滿含蓄蘊藉之美。餘如〈四友贊〉詩云：「磨潤色先生之腹，濡藏鋒都尉之頭。引書媒而黯黯，入文畝以休休。」將硯台比作飽讀詩書之士，狼毫筆比作藏鋒都尉之頭，既形象又新穎。而稱墨為「書媒」，謂紙為「文畝」，墨染書翰，自是黯然無聲；紙輕筆耕，勢必休矣。薛濤把文房四寶作了生動新穎、形象貼切的比喻，充分展露她那令元稹也為之驚服的才華，也正緣於此詩的巧譬妙喻，為才子佳人譜下了詩壇美談。

再者，薛濤亦運用明喻之技巧，將不同象徵意義的景物予以具體化、形象化及人格化，從而使人真切地感受到詩人微妙的心理活動，以及具有瀰漫性的移情作用。觀此類比的技巧，常借「如」「似」「猶」……等表意動的詞語而呈現出來。如〈蟬〉詩之「枝枝似相接」、〈詠八十顆〉之「色比丹霞朝日，形如合浦圓璫」、〈賦凌雲寺〉之「橫雲點染芙蓉壁，似待詩人寶月來」、〈鄉思〉之「蛾眉山下水如油」、〈送友人〉之「離夢杳如關塞長」、〈和劉賓客玉蕣〉之「欲折如披雲彩寒」、〈謁巫山廟〉之「水聲猶是哭襄王」、〈寄舊詩與元微之〉「與君開似好男兒」……皆為詩人設身處地，以己度物、賦物以情而生發出來的主觀意志象徵。如此一來，所描繪的景物不僅彷彿有情，而且富於人情，善解人意，與人的情感互相融合。是故，從詩作移情作用的觀點來看，薛濤不僅將比喻與象徵手法綜合運用，主要的還在於能夠化實為虛，以形傳神，使抽象的情感融合於自然景物而轉化為具體可感的形象，從而顯示「登山則情滿於山，觀海則意溢於海」（《文心雕龍》）的情韻。

綜上所述，薛濤無論寫物以寄意，抒情以切事，賦形以名狀，皆能有所獨創，故其詩作皆能景切情真，呈現她那酣暢淋漓的藝術手法，也凸顯其意工詞纖的才氣。

四、修辭設色與感官意象

詩緣情而作，故抒發眞意摯情是詩歌的主要特徵。惟人之生命情調不一，情感悸動殊異，加上人世心緒及眞情的難摹，因此，詩人往往汲取大自然可見可聞，可感可知的事物予以觸類旁通，或訴諸色采、聲音，或揣摹姿態、修飾物性，或透過視聽觸嗅味覺的感通聯想，將感官性的刺激統整爲感同身受的審美意象，從而表達與詩人情感相契的主題。薛濤詩作當中，即有不少是藉著吟詠自然山水花卉，而通過設色處理與感官意象，表現她纖細敏銳的特質和豐贍溫潤的情感。且看〈海棠溪〉一詩中的海棠花，詩人將它奉爲群芳至尊，從此花未放時的濃紅耀眼，到含苞待放的艷麗嬌柔，直到綻放後的粉中透紅，以「春教風景駐仙霞」句中之「仙」字，嘆其靈異，賞其花色。由此可引發吾人進一步對薛濤設色趨向的瞭解，即詩人偏好濃郁色彩——舉如〈十離詩・馬離廄〉寫馬「雪耳紅毛淺碧蹄」的珍奇異色；〈採蓮舟〉道「滿溪紅袂棹歌初」以明寫舟中採蓮女子的紅袖，並暗合舟外之片片紅蓮；〈菱荇沼〉中「水荇斜牽綠藻浮，柳絲和葉臥清流」寫綠意盎然的柳絲、海藻和水荇葉；〈金燈花〉以「曉霞初疊赤城宮」來形容此花「砌下惟翻艷艷叢」；〈朱槿花〉云「紅開露臉誤文君」以比喻花色之紅潤；〈九日遇雨〉二首則以金色、寒芳名狀菊花，故道「可惜寒芳似色金」、「金菊寒花滿院香」……凡此由詩語修辭設色所流露的色彩，無論金、艷、紅、白、綠，皆是自然物象機趣橫生所盈溢出來的燦然色調。因此，在繁華似錦的物象流連中，薛濤如是的選擇與創意，遂使人領會到她充盈於內心世界的熱情與活潑，也突顯她在群芳中豁達朗闊的情性。

至於盤桓在薛濤方寸之間的情感意緒，詩人更以繁複的感官意象傳遞出來，予人隱藏微婉或快直鋪露的生動世界。就視聽範圍而言——薛濤於〈謁巫山廟〉言「水聲猶是哭襄王」；〈風〉詩則謂「飄弦唳一聲」；〈蟬〉詩道蟬鳴爲「露滌音清遠……聲聲似相接」是對聲音的描述。此外，她亦精確地刻劃所見事物的形象狀態；如言鷹

「爪利如鋒眼似鈴」（〈十離詩・鷹離鞲〉）；寫朔月言「魄依鉤樣小」〔註6〕，道望月則言「扇逐漢機團」〔註7〕（〈月〉）。描述自然生態的情狀則有〈十離詩・馬離廐〉言馬「追風曾到日東西」、〈魚離池〉言魚「常搖朱尾弄綸鉤」、〈鴛鴦草〉言「綠英滿香砌，兩兩鴛鴦小」、〈池上雙鳥〉言「雙棲綠池上……同心蓮葉間。」就觸覺感官而言——〈鄉思〉中言無色無臭的水，以「峨嵋山下水如油」呈顯清冽水質的滑潤質地；〈試新服裁製初成〉以「紫陽宮裏賜紅綃，仙露朦朧隔海遙，霜兔毳寒冰繭淨……」詳細形容衣料的質感——此款紅綃絲質，光潔朦朧，細緻微透，貼膚柔軟，觸肌冰涼。以上種種形象描繪，無不合宜真切。

　　再者，對於感官意象的綜合運用，〈秋泉〉與〈題竹郎廟〉二詩可謂個中翹楚之作。試觀〈秋泉〉詩中「冷色初澄一帶煙，幽聲遙瀉十絲弦」二句，此乃結合一帶煙的視覺與十絲弦的聽覺而產生冷色，幽聲的感覺，將秋的氛圍營造得十分清晰而感人至深。換言之，薛濤把秋泉在夜色中的形態與閨怨中的愁緒，藉著感官技巧的聯繫，傳遞得觸目驚心且互相照應。因此，明月朗照與夜闌人靜的秋季，既切合泉聲幽咽的傳遞，也符合詩人幽怨感傷的渲染，通過見聞的觸角及感覺的擴散，〈秋泉〉一詩正不慍不火地表達詩人的閨怨之情。至若〈題竹朗廟〉詩云：「竹郎廟前多古木，夕陽沈沈山更綠。何處江村有笛聲，聲聲盡是迎郎曲。」面對著西沈的落日，夕照愈紅，愈映襯出山巒的翠綠。由此可見，詩人心目中的色彩是何等艷麗鮮明。然而視覺的著摹，並不能聊表詩意於萬一，於是，則不知從何處江村傳來悠揚的笛聲，藉笛曲之樂聲進入幻覺，產生聞笛以後所欲呈現的相思憶念主題，進而想像為一支動聽的迎郎曲了。如是一氣呵成的感官意象運

〔註6〕　月始生或將滅時微光曰「魄」。揚雄《法言・五百》：「月未望則載魄於西，既望則終魄於東。」
〔註7〕　班婕妤〈怨歌行〉：「新裁齊紈素，鮮潔如霜雪。裁為合歡扇，團團似明月。」此句言十五之月。

作，像是無縫的天衣，既貼切亦率真，聲色俱佳而情意互現，正表現薛濤瀟灑自然的個性，與不見嬌嗔的情思。

境由心生，詩人的創作向來是以自己的真情去感染萬物的。因此，藉由聲、色、形象、思想、情緒、事蹟等藝術化的組合及巧妙搭配，遂使詩情儀態萬千，感人至深。薛濤於此藝術技巧的表現，可謂活潑又自然，正與其恬淡溫柔，機智秀逸的才情相得益彰。

第三節　風格特色

劉勰於《文心雕龍》中曾謂「情性所鑠，陶染所凝」。因此，文學作品的風格往往取決於人格，繫乎詩人的個性情思、生命情態、表現方法及創作態度，甚而連體裁內容也對風格有一定的影響。正由於風格的研究，牽涉人格及思想感情的複雜性，所以評析的結果往往見仁見智，存在著某一程度的差異，此乃自然不可避免的事實。質言之，詩歌文章者，乃性情之風標，而性情因生命情調各異，故著之於翰墨，則有雅俗、剛柔、顯露……等差別，表現的風格特色遂顯露出與詩人才性類同的近似值，而非一成不變的絕對值。

薛濤身為中唐詩伎，長期周旋於達官名宦、縉紳騷人之間，故應酬唱和之作幾達詩集之半。此類作品，雖意在頌揚，或有所陳情，卻不帶媚氣，饒富詩人風骨，清新有如清水出芙蓉。另有一類抒情、詠物、寫景、騁懷之篇什，率皆語淺情深，秀逸深婉，別具一種風格。以下茲從三方面來談薛濤詩作的風格表現。

一、俊逸清新的詩人氣質

由於唐代近三百年的文豐物盛，佐以詩學昌榮，故詩人輩出作品麕集。代表有唐一代的詩風，從接踵續出的唐詩選本所反映編選者的文藝觀點，正可管窺詩人彼時的文學風格。薛濤詩作於晚唐五代之唐人詩作選集及詩話中，分入晚唐韋莊所編之《又玄集》，晚唐張為之《詩人主客圖》以及五代後蜀韋縠所編之《才調集》。在三位詩人的

選評時作中，殆以人論文，採掇詩篇之餘，或重吟詠情性之清詞麗句，或重清奇俊逸的雅正詩作。要言之，善詩者，必有真情性，情動而韻流，自有一家風骨，遂為詩評者所青睞，從而詩人之風格有如臨鏡窺形，晃朗可明。試從韋莊《又玄集》之自序一文，細繹其摘取詩篇之風格：

> ……但掇其清詞麗句，錄在西齋，莫窮其巨派洪流，任歸東海。總共記得者才子一百五十人，誦得者，名詩三百首。

由此可知，《又玄集》所採錄之詩乃著重在「清詞麗句」。濤詩〈罰赴邊有懷上韋相公〉及〈十離詩・犬離主〉二首為《又玄集》所收錄。至於韋縠之《才調集》，與韋莊相類。韋縠《才調集》自序云：

> ……或開窗展卷，或月榭行吟，韻高而桂魄爭光，詞麗而春色鬥美。但貴自樂所好，豈敢垂諸後昆……纂諸家歌詩總一千首，每一百首成卷，分之為十目，曰《才調集》。

可知韋縠選詩風格標準為「韻高」、「詞麗」。《四庫全書總目提要》謂「韋縠是以穠麗秀發為宗，救當時粗俚之習。」正說明韋縠的才調觀。濤詩入選作品為〈送友人〉、〈題竹郎廟〉、〈柳絮詠〉三首，編在此集卷十。至若張為《詩人主客圖》，以李益為「清奇雅正」主，薛濤為升堂之列，惟詩例遺佚。從張為分「廣大教化」、「高古奧逸」、「清奇雅正」、「清奇僻苦」、「博解宏拔」、「瑰奇美麗」六派別之人物及詩例觀之，當中以取「清奇雅正」之人物最多（廿六人）而詩例亦較繁富；又撰者張為自列名為「博解宏拔」一派而為「入室」之客，細體味「清」與「博」實表裏相資，由是可窺知張為之特重「清奇雅正」詩風。

就清新韻高的風格言之，薛濤〈罰赴邊有懷上韋相公〉詩云：「聞道邊城苦，而今到始知，卻將門下曲，唱與隴頭兒。」此含特殊風味的內容，旨在描寫邊疆生活之苦，哀怨之情，如邊城畫角；諷諭而不露，得詩人之清志。又若〈送友人〉詩云：「水國蒹葭夜有霜，月寒山色共蒼蒼。誰言千里自今夕？離夢杳如關塞長。」境界遼闊，神清意遠。何況詩境離情千種，別夢縈迴，令人悽然而終以恬然，與〈題

竹郎廟〉之情思幽麗，意境清遠，情景交融之風格，頗有異曲同工之妙。餘如〈鴛鴦草〉：「綠英滿香砌，兩兩鴛鴦小。但娛春日長，不管秋風早。」之麗韻清新；〈酬辛員外折花見遺〉：「青鳥東飛正落梅，銜花滿口下瑤臺。一枝爲授殷勤意，把向風前旋旋開。」之玲瓏玄妙；以及〈贈遠〉：「芙蓉新落蜀山秋，錦字開緘到是愁。閨閣不知戎馬事，月高還上望夫樓。」之結語逸達；〈寄張元夫〉：「前溪獨立後溪行，鷺識朱衣自不驚。借問人間愁寂意，伯牙弦絕已無聲。」之清新；〈酬吳使君〉：「支公別墅接花扃，買得前山總未經。入戶劍溪雲水滿，高齋咫尺躡青冥。」之幽雅；〈送扶鍊師〉：「錦浦歸舟巫峽雲，綠波迢遞雨紛紛。山陰妙術人傳久，也說將鵝與右軍。」之清秀使事，款折多情而意趣盎然。如是多彩多姿而清新雋永的風格表現，正體現薛濤才情橫溢，聲調宣暢的藝術才情。

　　薛濤不僅以清詞麗句而且韻高的風格見長，在動盪不寧的中唐年代中，將其深刻的生活體驗化爲詩思，表現出有別於一般閨閣的思想深度，從而突顯她俊逸雅正的氣骨。例如〈籌邊樓〉所云：「平臨雲鳥八窗秋，壯壓西川四十州。諸將莫貪羌族馬，最高層處見邊頭。」在一首短短七言絕句中，有諷人之致與快心露骨之語，但仍不失唱嘆之音，體現了一如明王世懋《䄢圃擷餘》所謂「絕句之源，出於樂府，貴有風人之致。其聲可歌，其趣在有意無意之間……」的風格特色。又若〈罰赴邊有懷上韋相公〉一詩所道「聞說邊城苦，而今到始知。卻將門下曲，唱與隴頭兒。」內容除對艱苦環境中戍守邊地的將士流露出深刻的同情外，亦對上層將領提出嚴正的譴責，唱出了一個具有思想和獨立人格的女子心聲。無怪乎楊愼《升庵詩話》卷十四謂之「有諷諭而不露，得詩人之妙。……」如是蘊藉深厚的作品，正彰顯她高遠俊逸，優雅而端正的詩人風采。再者，薛濤〈寄舊詩與元微之〉一詩中云：「詩篇調態人皆有，細膩風光我獨知。月下詠花憐暗澹，雨朝題柳爲欹垂。長教碧玉藏深處，總向紅牋寫自隨。老大不能收拾得，與君開似好男兒。」此詩筆力老到，氣骨遒勁，雖有婉媚之處，

皆以樸靜裏之,挺然秀潔且音清調正,亦是俊逸風格的代表詩作。此外,向爲後代詩人稱頌的〈酬人雨後玩竹〉一詩,內容爲「南天春雨時,那鑒雪霜姿。眾類亦云茂,虛心寧自持。多留晉賢醉,早伴舜妃悲。晚歲君能賞,蒼蒼勁節奇。」薛濤藉著竹的蒼勁虛心形象,以及竹林七賢與舜妃的聯想,呈顯她自信自足又自珍自愛的人格精神。晚唐張爲的《詩人主客圖》,將薛濤歸之於李益門下,爲「清奇雅正」一派的升堂者之一,從以上諸詩確能領悟到她的此般風格與詩人氣質。

二、親風雅的時代風格

　　劉勰《文心雕龍・通變篇》言「黃唐淳而質,虞夏質而辨,商周麗而雅,楚漢侈而豔,魏晉淺而綺,宋初訛而新。」是點出時代與文學風格有密切關係的論述。唐代的文學,詩文傳奇小說,大抵呈平行發展之態,文人作風則是多方面開展,不能舉單一風格爲代表。殆因唐人在開闊豐富的人文空間中,感受了複雜多樣的變化,詩人處於特定的景觀與人物情思裡,往往各自開展其雄闊又真切細致的詩篇。因此,在散文領域中,有蘇頲、張說之厚重,韓愈之雄渾,柳宗元之幽峭;在詩海中,則見李白之飄逸,杜甫之深刻,韓愈之奇峭,白居易之平易,李商隱之幽豔……,皆是「時運交移,質文化變」(《文心雕龍・時序篇》)的文體風格呈現。質言之,唐代文人所體現的文學風格是多樣化、個性化且令人歎爲觀止的。

　　在創作思潮屢有嬗衍的唐代,歷代詩評家所品騭的多針對作家個人風格而發,卻鮮見對「親風雅」的時代風氣提出質疑與否定。蓋從《毛詩序》云「吟詠性情,以風其上」及「言王政之所由興發」的傳統說法出發,有唐詩人陳子昂首先以「風雅」、「興寄」革除齊梁的「彩麗競繁」〔註8〕,寫下「籍籍峰壑里,哀哀冰雪行」的詩句。之後,李白於〈古風,第一〉慨嘆「大雅久不作」,以掃蕩梁陳詩風、恢復風雅古道爲己任;杜甫踵武此風,於〈戲爲六絕句〉中鮮明地號

〔註8〕　見陳子昂〈與東方左史虯修竹篇序〉。

召「別裁偽體親風雅」；元結〈二風詩論〉以「極帝王理亂之道，繫古人規諷之流」申疏風雅之義；韓愈〈荐士〉謂「周詩三百篇，雅麗理訓誥」，是奉《詩經》為真善美的典範；白居易〈與元九書〉標舉詩歌的社會功能在「補察時政，泄導人情」；杜荀鶴於〈秋日山中〉以「君詩通大雅，吟覺古風生。外卻浮華景，中含教化情」讚美友人詩作；皮日休〈桃花賦序〉言「非有所諷，輒抑而不發。」以之為個人創作原則。凡此種種，一方面可窺見風雅精神為唐代社會與人群詩人所廣泛接受的標準；另一方面在「國之利弊，民之休戚」的共識當中，唐代詩人對風雅精神的堅持與貫徹，正透過詩文的內涵及創作的風格而愈益鮮明，並有所繼承與發揚。

正由於唐代詩歌維繫著黎民禍福與國家理亂，故訴說民生疾苦、呼籲改革弊政、控訴諷刺統治者的聲音不絕如縷。如此風雅內涵的深刻反映，對薛濤詩作的風格影響亦彰然若現。試觀濤作〈籌邊樓〉一詩，其謂「平臨雲鳥八窗秋，壯壓西川四十州。諸將莫貪羌族馬，最高層處見邊頭。」是作者對時事的直陳與批判，以借古諷今之法表現她一針見血的政治遠識，與杜甫〈塞下曲〉中「苟能制侵凌，豈在多殺傷」的歷史眼光一致。

此外，在評擊浮豔文風和提倡風雅的時代風格裡，薛濤以質樸的語言和自然的抒情來實踐詩歌感發的功能，並且將目光延伸至小兒女的生活範圍，哀怨的主題亦轉為傷時感事，而對人間男女感情的描述也超越了單調比附，譜成了文人與風塵紅袖的二重奏。比如〈送友人〉一詩：「水國蒹葭夜有霜，月寒山色共蒼蒼。誰言千里自今夕？離夢杳如關塞長。」薛濤把《詩經·蒹葭》說「蒹葭蒼蒼，白露為霜。所謂伊人，在水一方。」當作比興的媒介，詩意於委曲之中層層推進，於不事藻繪之處又善短語長事，在敘情上則先作若語繼而寬解，如此藝術手法皆顯現她吞吐得法與「首尾相銜，開闔盡變」的特點〔註9〕，

〔註9〕劉熙載《藝概·詩概》。

同時也體現了「絕句於六藝多取風興，故視他體尤以委曲、含蓄、自然爲高」〔註10〕的風格。再觀〈春望詞〉四首，茲以第一首爲例。其云「花開不同賞，花落不同悲。欲問相思處，花開花落時。」薛濤將花開花落之陳腔濫調，以藝術手法安排，展現化腐巧爲神奇的魅力。也正緣由此詩的平實，句法的簡樸，情感的深醇，遂能使自然時序的遞嬗有機地融入人世空間，從而娓娓道出詩人孤獨的沈鬱與婉約的情懷。總此二首詩作，在清麗工致的詩風背後，所透顯之《詩經‧國風》和〈古詩十九首〉的風格，無異是薛濤流露出親風雅風格的最佳註腳。

至於薛濤詩作中，以山水自然蘊涵其隱逸情懷、熱愛斯土、和認眞生活等感情所表現出的自信自珍情操，與健康之生活情趣，更說明了她寫作態度與親風雅風格的密切關係。舉如〈酬人雨後玩竹〉、〈題竹郎廟〉、〈柳絮詠〉、〈採蓮舟〉、〈鄉思〉、〈酬雍秀才貽巴峽圖〉、〈試新服裁製初成〉……等，皆是薛濤堅持「風雅」、熱衷「兼濟」與魏闕失意，從而以山水自然澡雪人世精神的轉化運用。

質言之，親風雅的時代風格，固然以謳歌自然、反映民生爲要，但諸如男女之戀，親朋情誼、謫遷苦悶、悲離歡聚，乃至陶冶性靈之生活瑣事，亦皆是社會環境如實的呈顯。是故，薛濤無論是剴切敷陳，抑或溫而厲、婉而善的微言，其謹重不佻、奧而不膚、淺而不俗的詩風，正足以實踐「詩貫六義」的精神，也爲女詩人的創作風格憑添時代風采與藝術勝境。無怪乎清人宋犖於《漫堂說詩》云：

> 詩至唐人七絕，盡善盡美。自帝王、公卿、名流、方外以及婦人女子，佳作累累。取而諷之，往往令人情移，回環含咀，不能自已，此眞《風》《騷》之遺響也。

三、含蓄委婉、語淺情深的詩風

劉勰《文心雕龍》云：「深文隱蔚，餘味曲包。」而嚴羽《滄浪詩話》亦謂：「語忌直，意忌淺，詠忌露，味忌短。」又劉熙載《藝

〔註10〕 見劉熙載《藝概‧詩概》。

概‧詩概》云：「絕句取徑貴深曲，蓋意不可盡，以不盡盡之。」皆以為詩文直露易流於淺薄無味，極宛曲紆折之致則顯含蓄蘊藉，耐人尋味。薛濤處於紛繁的時代環境，頗善於挖掘生活的底蘊，從而提煉出情深語摯的詩語，在蓄意無盡的尺幅中，進行以小見大的藝術概括，表現出含蓄平易的詩境，和情深詞不躓的風格特色。

　　試觀〈春望詞〉四首，其一以春花寄託相思情，「花開不同賞，花落不同悲」是因作者所戀眷之人無法與之分享賞花的喜悅，分擔因落花所生的哀傷，故對著會面無期的事實，詩人只好以「欲問相思處，花開花落時」作為恰如其份的表述。薛濤的相思之情，隨著花開花落的時間推移，從未減少且始終如一，此詩語淺意深，嚼之有味。其二是以春草固結同心，使相愛相思之緒獲得暫且的安慰，然嚶嚶求偶的春鳥哀鳴卻又讓詩人跌宕於愁悶之中，故道「春愁正斷絕，春鳥復哀吟」。其三則囿於音訊阻隔，情意不通，春風無力，春花凋殘等殘酷現實，詩人遂以「不結同心人，空結同心草」蘊結她充滿悵惘、悲歎而又無可奈何的複雜感情。其四詩人以春光之綺旎反襯相思之苦，一句「玉箸垂朝鏡，春風知不知？」雖問得無理，卻將感情之癡刻劃得入木三分，言有盡而意無窮，令人擊節稱賞。綜觀此首組詩，雖具不見奇字難句的語言風格，卻仍未流於鍾嶸所云「意深則詞躓，意浮則文散」的缺憾，在人愈傷心，花愈惱人的情緒中，語愈淺而意愈入，反而將平易的語言與蘊涵的情思統一起來，顯現薛濤不淺露也不晦澀的詩風。

　　《詩藪‧內編》卷六謂「絕句最貴含蓄」，沈德潛《唐詩別裁》卷二十亦云：「七言絕句，以語近情遙，含吐不露為貴。只眼前景，口頭語，而有弦外音，使人神遠。」薛濤向以七絕為人所稱頌，善以問句收尾而做到「以不盡盡之」的餘韻，收到「語近情遙」的弦外之音，進而達到使人神遠的效果。舉如〈江邊〉之「誰能夜夜立清江」，和白居易〈憶江柳〉之「不知攀折是何人？」同有令人測之無端，玩之無盡的藝術特色，殆因以疑問句結尾，而不予回答，便

造成一種懸念，值得人去思索玩味，產生了含蓄不盡的韻致。又若薛濤為使七絕產生「複沓」的音樂效果，濃化詩人的感情色彩，以景結尾，使情寓景之中，在蘊藉含蓄的互相聯繫裡，深曲婉轉地表情達意。她的傳遞方式或尾句尾聯使用否定詞語，或限制性詞語，使感情凝鍊於尾聯上，顯現深情幽怨、意旨微茫而神餘言外的藝術風格。使用限制詞於詞尾者，若〈送鄭資州〉「獨有羅敷望上頭」；〈酬楊供奉法師見招〉之「惟笑商山有姓名」；〈摩訶池贈蕭中丞〉之「惟有碑泉咽不流」……等，在詞義幾乎接近於否定詞語之「惟」、「獨」此類限制性詞語之運用中，不但加強了語氣、濃化了感情，也使情景凝結而詩意紆折，故其情致之動人自不言而喻。至於尾句使用「不」、「無」、「莫」、「空」（白白地）等否定詞語，以茲寫出比正面肯定更有力的情感，翻出詩思的邈遠和渾融的情景者，濤之詩作俯拾皆是。例如〈罰赴邊上韋相公〉二首其一之「目斷雲霄信不傳」、其二之「山水屏風永不看」；〈江亭餞別〉之「不見車公心獨愁」；〈送姚員外〉之「莫教煙月兩鄉悲」；〈上川主武元衡相國〉之「不使珠簾下玉鉤」；〈酬文使君〉之「巴歌不復舊陽春」；以及〈十離詩〉十首末句言「不得紅絲毯上眠」、「不得羲之手裏擎」、「不得華軒更一嘶」、「不得籠中再喚人」、「不得梁間更壘巢」、「不得終宵在掌中」、「不得清波更一遊」、「不得君王臂上擎」、「不得垂陰覆玉堂」、「不得華堂上玉臺」……，率將不宜直說之事、不宜直露之情，通過否定收尾的句子予以反襯對比；亦是選擇一點否定的質疑，展開全面客觀的啟發，將詩人在特定環境中與在瞬息間產生的微妙心理活動，予以細致貼切、含吐不露地呈現出來。因此，這類詩句讀來別是情意綿綿，委婉動人而耐人尋繹。

又若〈送友人〉：「水國蒹葭夜有霜，月寒山色共蒼蒼。誰言千里自今夕？離夢杳如關塞長。」此詩情景相生且結句跌宕起伏，其表達熾熱濃烈之情感，則纏綿不黏滯，有《詩經‧秦風‧蒹葭》的委曲、含蓄、自然。再則〈江邊〉詩云：「西風忽報雁雙雙，人世心

形兩自降，不爲魚腸有眞訣，誰能夜夜立清江。」以季節的轉換來增加詩人感情的負擔。形降是由於心降所引起的主觀感受，如此出人意表的遣詞佳句，正把薛濤深細的情感描摹得如怨如訴，使人不油然地爲之動情。此二首寫情之作，鮮見怨懟哀戚的苦語，卻能以「語近情遙」之手法，將亙古難狀之情寫得如此細膩而雋永，令人神遠且餘味悠長。至若薛濤基於個人生活之聞見所寫邊塞風物人情之詩，亦表現出如幽匪藏，似往已迴的委曲情致。例如〈罰赴邊有懷上韋相公〉二首，其一云：「聞道邊城苦，而今到始知。卻將門下曲，唱與隴頭兒。」其二云：「黠虜猶違命，烽煙直北愁。卻教嚴譴妾，不敢向松州。」及〈籌邊樓〉一詩云：「平臨雲鳥八窗秋，壯壓西川四十州。諸將莫貪羌族馬，最高層處見邊頭。」前二首薛濤以婉諷之語道出心中哀怨，是對罰她赴邊而握有大權之韋相公韋皋的傾訴。楊愼《升庵詩話》卷十四謂此「有諷諭而不露，得詩人之妙。」而郭煒於《古今女詩選》中亦論及此詩「諷刺語須如此若隱若耀，使人深味，乃爲妙手。」殆此二首組詩乃因不著一字之哀怨，而詩人風流盡得，含蓄之情盡出。然文學風格是豐富且多樣化的，含蓄固然美矣，但藝術化了的直而盡（有別於粗糙淺露）亦未必不美，〈籌邊樓〉便是一例。此詩末二句的直抒胸臆，慨然敷陳，在託意深遠之餘，卻隱含氣勢豪壯與識力充盈的風格，是露中有藏之藝術感染力的呈現。此外，薛濤亦運用欲露還藏的藝術表現技巧，留下點到爲止、不一語道破的聯想餘地，展現令人涵詠不盡的詩風。譬如〈秋泉〉一詩：「冷色初澄一帶煙，幽聲遙瀉十絲弦。長來枕上牽情思，不使愁人半夜眠。」是薛濤傾訴閨怨而不言所怨，將怨轉嫁於秋泉的情態之中，留給讀者很大的想像空間，在情景契合之際，格外顯出回曲的情韻。故黃周星《唐詩快》曰：「自是愁人心中有秋泉耳，與耳畔嘈切何關！」正是詩人聯想力的擴展作用，導致詩風餘韻不盡，情致迂迴的最佳評釋。

綜言之，薛濤之五絕詩作，寫來語淺而清新，其貼切自如所傳

達出的風光物態，有如彈丸脫手之妙。至於七絕則就眼前景、口頭語，而有弦外音、味外味，寫來駘宕靈通。二種形式所表現的含蓄，大抵爲「風飄遙而有遠情，調悠揚而有遠韻，總之是餘味深長。」（朱自清《唐詩三百首指導大概》）至於藏露互相依存、互相制約的運用，則每顯薛濤運斤成風，既苦心經營又不露斧鑿痕跡的功力。故其風格表現一如明陸時雍《詩鏡總論》所云：

> 善言情者，吞吐深淺，欲露還藏，便覺此衷無限。善道景
> 者，絕去形容，略加點綴，即真相顯然，生韻亦流動矣。

即以含蓄不盡爲工，意深詞不躓爲尚，體現她婉曲蘊藉，語淺神遠的藝術風格。

第五章　薛濤詩的成就

　　有唐三百年之光景盛世，流傳至今的詩歌，可謂姹紫嫣紅，宏富至極。舉凡帝王后妃、文臣武將、遷客騷人、釋道隱逸、婢妾歌伎、舟子樵夫等社會各階層都湧現出才華出眾的詩人；宮廷官署、園林山田、道觀佛寺、邊疆戰場、江湖旅棧、梨園閨閣等社會上每一角落都響起低吟淺唱的聲音。於是，上自帝王將相，下至衲子羽流，旁及閨閣名媛，凡有文采可觀者，均為《全唐詩》所收錄。檢視《全唐詩》所羅致之民間女詩人，約百餘人，存詩有三百六十餘首；其中倡伎約佔二十人，錄詩一百三十餘首，而薛濤之篇什約占二分之一強，其份量之多值得重視。更由於薛濤受到當代詩人名士應接唱和的影響，間接豐富了她的文學素養，靈活了她的寫作技巧，並拓展了她多樣的風格。於是在有唐女詩人一片呈顯句平意遠、不尚難字的特色中，薛濤詩作所流露出藝術化的生活、豐富的識見、熟練的表現手法及詩人的風格，無異更奠定其在唐代詩壇的地位，也留給世人更真切的活躍的思慕對象和真摯剴切的心靈感動。

第一節　薛濤在唐代女詩人的地位

　　薛濤相傳有詩五百餘首，儘管現今存詩為詩不多，卻頗得好評。如明胡應麟《詩藪·外編四》謂：

　　　　唐宮闈能詩者，徐賢妃，上官昭容、宋若昭姊弟、李季蘭、

> 魚玄機……薛濤輩，然皆篇什一二，遠出當時文士，下非
> 漢魏婦人比也。

又如明代徐㷫《紅雨樓題跋記》云：

> 唐有天下三百年，婦人女子能詩者不過十數，倡伎詩最佳
> 者薛洪度、關盼盼而已。

而清章學誠《文史通義・婦學》裡也道：

> ……閨閣之篇，鼓鐘聞外，其道固當然耳。且如聲詩盛於
> 三唐，而女子傳篇亦寡。今就一代計之，篇什最高，莫如
> 李冶、薛濤、魚玄機三人，其他莫能並焉。……

由是得知，薛濤雖身爲倡伎，但其才情軼蕩的詩作，已被歸爲詩人之
詩的行列，也突顯她在唐代詩壇的重要角色。以下從三方面看薛濤的
成就。

一、同時代詩人的揄揚

　　薛濤在詩壇的地位，可經由與她同時代的詩人——元稹、白居
易、王建等之贈詩內容，一窺她不同凡響的成就。茲舉元稹及王建詩
爲例。元稹〈寄贈薛濤〉詩云：

> 錦江滑膩峨眉秀，幻出文君與薛濤。
> 言語巧偷鸚鵡舌，文章分得鳳凰毛。
> 紛紛辭客多停筆。箇箇公卿欲夢刀。
> 別後相思隔煙水，菖蒲花發五雲高。

此首七言律詩，首聯點出薛濤乃得蜀中地靈人傑之孕育，遂有一如卓
文君的才情；頷聯則一方面對其聰明伶俐、精彩絕豔的形象有所激
賞，另方面亦對薛濤口才的機巧、文思的綺慧多加美言；至於頸聯是
元稹對薛濤藝術功力的讚賞和由衷欽佩；尾聯更對女詩人之書法倍加
稱譽。如是觀之，元薛交誼匪淺，而薛濤得到當代才子又是大詩人如
此之揄揚，正見其確有令人神往的風情才藝，進而使詩人公卿亦爲之
激賞。質言之，此詩不啻說明薛濤乃唐代女性詩國中的鳳毛麟角，也
爲薛濤的生命才性與藝術風采作了鮮明的記錄。至若王建《寄蜀中薛

濤校書》一書所云：

> 萬里橋邊女校書，琵琶花裡閉門居。
>
> 掃眉才子知多少，管領春風總不如。

詩中高度稱許薛濤之詩才壓倒鬚眉丈夫，也描繪她晚年生活的閒適恬淡。然而詩人並未躲在琵琶巷的清幽小天地中，將自己與現實隔絕起來，隨著她種植花草的熱情心境，從吟詩樓所傳來的是慷慨高昂而活潑熱切的聲詩。至此傾佩之意，溢於言表，頗能表達出當時文人對薛濤的嚮往之情與恭維之態。

薛濤獨領一時風騷，傾倒無數才子的詩作與才藝，確實所向披靡。當時詩人與薛濤直接唱和之作，保存得如此之少，殆或詩人著作每已自行隱匿，或為後人刪削，或詩文集屢遭亂散佚而傳者尟矣。然只此二首揄揚詩作，即已能突顯女詩人的造詣，若再親讀其〈春望詞〉四首、〈柳絮詠〉、〈謁巫山廟〉、〈題竹郎廟〉、〈酬人雨後玩竹〉、〈秋泉〉、〈送友人〉、〈籌邊樓〉……等詩作，更能一窺其才氣之堂奧。殆上述諸作或為幽怨纏綿、情致動人，或胸有壘塊、饒有識見，誠唐女詩人之翹楚。因此，《歷朝名媛詩詞》謂：「濤詩頗多才情，軼蕩而時出閑婉，女中少有其比。然大都言情之作，娓娓動人。」是故，薛濤之聲名才情歷久彌新，詩篇亦為之煒然雋永。

二、時代稍後詩論家的評論

一般而言，中晚唐五代詩論家對女詩人薛濤的成就均持肯定的態度，遂也直接促成其詩壇地位的屹立不搖。從晚唐韋莊所編《又玄集》之以「執斧伐山，止求嘉木；契瓶赴海，但汲甘泉」的標準，及視薛濤為「國朝大手名人」〔註1〕而選錄其詩二首的態度觀之，正說明薛濤詩作的水準，可與有唐大詩人並駕齊驅。又五代韋縠《才調集》，本著「自聽之謂聰，內視之謂明」的原則〔註2〕，選濤詩三首。此三

〔註 1〕 見《唐人選唐詩‧又玄集》韋莊自序。
〔註 2〕 見《才調集》自序。

首詩〈柳絮詠〉、〈題竹郎廟〉、〈送友人〉正體現韋縠「不入於風雅頌者不收，不合於賦比興者不取」〔註3〕的精神，也爲薛濤詩貫六義的風格和才情橫溢、聲調宣暢的詩人風采作了深刻的註解。至於略晚於薛濤之文學評論家張爲，以「清奇雅正」將薛濤與賈島等詩人並列，納入其《詩人主客圖》的升堂之列，且薛濤是唯一入選的女詩人。由是可見，薛濤在唐代詩壇已頗負盛名，並爲時人、詩論家所禮贊，較之同時代的女詩人可謂倍受推崇。

三、薛濤在倡伎、女冠詩人中的地位

唐代女詩人眾多，但詩名頗著，且有專集流傳下來的女詩人僅有三人，即李季蘭、魚玄機和薛濤。前二者皆爲女冠，薛濤隸屬倡伎，但晚年亦著女冠服裝，有〈試新服裁製初成〉詩三首爲證。此三位才女，固然皆爲生前揚名，死後流芳，除了與其身份地位有關外，其個人的詩作與才情亦是關鍵。至於薛濤處此二人詩名的環伺之下，是否有獨樹一幟的表現，正是本小節所欲知悉的內容。

首先應留意到，此三位女詩人生前的詩名是在與名詩人的頻繁酬唱中日益增長出來，故三人集中之贈答酬和詩占了絕大比例。在不斷酬唱應對中，或不免流於陳腔濫調及遊戲筆墨，而顯出平庸通俗之風。若李冶、魚玄機此類詩作，率寄予士大夫及文人，且情意纏綿，甚或招蜂引蝶，如魚玄機〈寓言〉詩：「紅桃處處春色，碧柳家家月明。樓上新妝待夜，閨中獨坐含情。芙蓉月下魚戲，螮蝀天邊雀聲。人世悲歡一夢，如何得作雙成。」李冶〈相思怨〉：「人道海水深，不抵相思半。海水尚有涯，相思渺無畔。攜琴上高樓，樓虛月華滿。彈得相思曲，絃腸一時斷。」上述二詩句意絕非出家修道者的口吻，是知其時之女冠脫離體法，且行動自由，李、魚二人傳情即事而發，卻鮮能與薛濤詩作所反映的人格情操相提並論。她們同樣活躍於唐代詩壇，但抒情詩作卻因魚玄機的文藻有餘，流逸大膽和李冶的如「遠水

〔註 3〕見《才調集》凡例。

浮仙棹、寒星伴使車」（〈寄校書七兄〉）而有玄機視李季蘭稍遜之別。至於薛濤此類詩作，則因蘊涵一定思想深度，及每以清詞麗句呈現其風華文采，故較之二位略勝一籌。

　　在動盪的中晚唐時代，女詩人若能突破閨閣習氣，一發雄聲而倡豪言，一展激切而訴志意，則往往能得到傳統詩評的讚賞。此三位女詩人，李冶〈寄校書七兄〉詩爲劉長卿稱許爲「女中豪傑」，其〈三峽流泉歌〉也爲《唐詩快》評爲「似幽而實壯，頗無脂粉氣」。至於魚玄機〈游崇眞觀南樓睹新及第題名處〉一詩中的不平之鳴與女性覺醒，也獲得時人的肯定，遠超越她平日附庸風雅之作。然而即使有如李冶、魚玄機這般的掃眉才子，她們的智慧與文才或許可與薛濤踵武，但就結合深刻的人生經驗和政治素養，所展現關懷現實社會的歷史宏觀上，李、魚的確不見有若濤〈罰赴邊有懷上韋相公〉及〈籌邊樓〉等詞意不苟、內涵豐贍的詩篇。換言之，薛濤的風人之致、詩人之質及逾越時代的遠見，使其在三位女詩人中獨占鰲頭。

第二節　藝術表現的繼承與體現

　　唐代詩人名家輩出，其膾炙人口的名篇佳作往往隨著「詩緣情而綺靡」（陸機〈文賦〉）及「感人心者，莫先乎情」（白居易〈與元九書〉）的藝術魅力而撩撥無數人們的心弦，激起無數人民的共鳴，成爲篇帙浩繁詩卷中的主角。此類優秀作品的題才是千匯萬狀，要之不外以詩歌傳遞繽紛的生活，描摹人世的悲歡離合，記錄感情的喜怒哀樂……等。惟隨著詩人身份、背景、感情的殊異，和生命情調的不一，遂使其取材角度、比興方式、表現手法不盡陳陳相因。其次，對技巧運用臻於醇熟的唐代詩人而言，其描寫藝術的繼承與創新，受到時代精神或社會風尙等大環境影響，多少有「所見略同」的觀點，從而形成一特定的審美意象和抒情藝術的表現理念，在芸芸詩人的生命才情揮灑之下，終使詩作同中有異，異中見同，開啓了群星璀璨而色彩紛呈的局面。

一、題材內涵

薛濤以一介女流之輩，在中唐詩壇上馳騁數十載，除了個人因緣際會的生活磨鍊外，其能於森羅雜陳的萬彙現象中靜觀自然，寫下一如〈海棠溪〉、〈採蓮舟〉的抒情小品；及從送往迎來的板滯生活中返歸自然，寫下〈金燈花〉、〈菱荇沼〉、〈酬人雨後玩竹〉、〈試新服裁製初成〉等熱情逍遙、自珍自足的詩篇，正是表現了來自中唐離亂社會中，詩人將外在奔騰的激越，凝斂爲內在純任情性的時代主流。因此，薛濤詩作的題材及內容，便在中唐詩歌呈現亂離血淚與桃源仙鄉、愛情戀歌的各領風姿中，繼承並體現她的思想內涵。由於吾人欲說明薛濤詩作的成就，因此，本節僅就其有別於傳統通俗題材的創發，進行粗淺的瞭解與比較。

（一）以寄獻酬贈之作為例

唐代文士頗好此類詩作。檢視《全唐詩》，酬唱詩即占很大之比例。譬如僅中唐白居易與元稹之詩即多達一百三十餘首，和劉禹錫之唱和詩竟幾達二百首。殆有唐詩人常與相善者詩文往來，此唱彼和、互相贈答，於傳遞感情思想及優美文采之餘，或切磋技巧，或相互欣賞，以共得其樂。至於薛濤詩集，固然也以此類題材居多，卻鮮有應酬文字及虛應之情，要之頗能字字用意，句句用情，傳達她得體的應對之儀。若〈送盧員外〉詩云：「玉壘山前風雪夜，錦官城外別離魂。信陵公子如相問，長向夷門感舊恩。」頗似一弔古詠懷詩，卻作送贈之題，可謂別具手筆。又如〈摩訶池贈蕭中丞〉詩云：「昔以多能佐碧油，今朝同泛舊仙舟，凄涼逝水頹波遠，唯有碑前咽不流。」其感舊懷今的眞情，使人讀之不忍。此外，濤詩內涵也反映唐代某些精神主題，如〈酬雍秀才貽巴峽圖〉一詩中所言「感君識我枕流意，重示雎塘峽口圖」，除了扣緊題意表酬答之情外，其欲隱逸以礪志的摯言眞意，與中唐文士因仕途冷暖、際遇蹭蹬而對僧道隱士生涯有所嚮往的情懷，不謀而合。像孟郊年輕時屢試不第，終隱居嵩山；又如劉長

卿有詩〈送上人〉〔註4〕以表示嚮往隱逸乃純任情性之眞所爲，與薛濤此詩之精神內涵類似。值得一提的是，薛濤〈送友人〉一詩，與唐代詩仙李白的〈送友人〉詩題不謀而合。殆對唐代詩人而言，由於離別現象的普遍與對離情的高度重視，遂蔚成有別即有詩相送的風氣，形成「送行數百首，各以鏗其工」（孟郊〈奉同朝賢送新羅使〉）的風潮。緣此，李白、薛濤同題材而不同內涵的創作，是唐詩裡司空見慣之事。從此二首詩的內涵觀之，確有幾點異中相同之處，頗值得玩味與深究。試觀李白〈送友人〉詩：

> 青山橫北郭，白水遶東城；此地一爲別，孤蓬萬里征。
>
> 浮雲遊子意，落日故人情；揮手自茲去，蕭蕭班馬鳴。

及濤〈送友人〉詩：

> 水國蒹葭夜有霜，月寒山色共蒼蒼。
>
> 誰言千里自今夕？離夢杳如關塞長。

就詩題而言，二首詩均寫明所贈之人爲友人，究竟是何人，爲何與作者離別，均不在內容中呈顯出來。因此，友人應是與詩人知心交往且非知名之人物，在人生難逢知己，難得摯友的機緣之下，詩題所表現的主旨，更見詩人創作動機的單純，與無利益摻雜的內涵。就態度而言，兩位詩人雖未交代友人是因行旅漫遊、或遷謫下第、征戍使邊，抑返鄉事親……等原因而不得不遠行別離，但是從李、薛生命情調有所感動而寫的二首心靈詩篇觀之，正由於他們無所爲而爲的創作態度，以及贈詩對象的平民化身份，遂使此二首送別詩不致淪爲虛與委蛇和虛情假意的工具。就詩景而言，二位詩人率以情觀景，以景生情而予以情景融合，從而注意捕捉意境氛圍，遂使色彩、構圖、感情基調和聲情節奏和諧地統一在一起。於是，詩人在秋水、寒山不諳離恨別苦之餘，便在詩景色調上呈顯他們淒涼的感受與對友人拳拳眷眷的深情。就形式與內容的和諧而言，李詩爲五律，濤詩爲五絕。向來五言比七言較易傳情

〔註4〕劉長卿〈送上人〉詩云：「孤雲將野鶴，豈向人間住。莫買沃洲山，時人已知處。」

遞意，以其較接近古體詩之故。大體而言，五言達情樸厚眞摯，七言寫情發揚踔勵；絕句顯情含蓄而露意深遠，律詩則呼情婉轉而傳情蘊藉。因此，在二詩主要表達送別情境和作者心靈思想的前提下，以五言近體詩的形式來滌濾劃刻人物的細節和糾結的情懷，頗能符合清暢自然的詩情、詩境與詩意。質言之，兩首〈送友人〉詩，具不見充斥的應酬文字，也無名人親涵的排場，乍看似一般清流，意態淡宕而雋永不盡，著實顯現二位詩人的心靈風采及渾然的內涵構思。是故，由上所略舉數點，可爲薛濤題材內涵有所繼承與體現之說明。

（二）以登臨勝跡為例

　　唐人文士喜游名山大川，攬勝自娛。在領略大自然及人工美之餘，興之所至往往不忘賦詩題記，從而流芳百世。如中唐詩人韓愈之〈謁衡岳廟逐宿岳寺題門樓〉寫雲霧中之衡山，〈岳陽樓別竇司直〉寫洞庭洪濤；白居易寫〈憶江南〉，道出「風景舊曾暗，日出江花紅勝火，春來江水綠如藍」的江南美景；張繼遊蘇州普明禪院，寫下膾炙人口的〈楓橋夜泊〉等，皆是唐代詩人尋幽訪勝，登臨寄意的創作題材。

　　無獨有偶的是，劉禹錫及薛濤詩集中皆有〈謁巫山廟〉〔註5〕一詩，不僅體裁詩題相同，而且同押七陽韻。且抄錄如下，略作說明。
劉禹錫詩云：

　　　巫山十二鬱蒼蒼，片石亭亭號女郎。
　　　曉霧乍開疑卷幔，山花欲謝似殘妝。
　　　星河好夜聞清佩，雲雨歸時帶異香。
　　　何事神仙九天上，人間來就楚襄王。

薛濤詩云：

〔註5〕按劉禹錫於穆宗長慶元年，曾任四川夔州（今奉節縣）刺史，期間約有三年。〈薛濤簡議〉一文作者，認爲奉節與巫山毗鄰，且爲至巫山必經之路，況薛、劉之交宜已有濤詩〈和劉賓客玉蕣〉爲證，故二人於此時曾相晤並同遊巫山廟，是頗有可能。此論尚合情理，吾人踵武其識見。

亂猿啼處訪高唐，路入煙霞草木香。
山色未能忘宋玉，水聲猶是哭襄王。
朝朝夜夜陽臺下，爲雨爲雲楚國亡。
惆悵廟前多少柳，春來空鬪畫眉長。

兩詩相較，不難窺出劉詩主要是寫景寓情，而濤詩於弔古聲中，寫有綣繾私情及愛國深情。是以濤詩之思想內涵高於劉詩，也無怪乎方回《瀛奎律髓》謂劉此詩「意境甚平，非夢得高作」，而鍾惺《名媛詩歸》道濤此作「幽媚動人，覺修約宛退中，多少矜蕩不盡處。」正一語道中薛劉之間的差異。再者，巫山神女故事，由來多爲詩人相交詠頌，然多爲樂府詩，悉採古題古意或古題新意。以唐代詩人爲例，如李頻〈過巫峽〉、曹松〈巫峽〉、杜甫〈詠懷古蹟〉、李賀〈巫山高〉及李白〈清平調〉……等諸詩，即可知巫山神女故事的應用之廣。而薛濤此〈謁巫山廟〉一詩，以近體七律表達，特富唐人創意，又因敘情悱惻，摹景如畫，更顯其一代才女的文采風華。

　　除此之外，薛濤以其特殊的際遇，有過親臨塞外生活的經歷，故其創作題材對邊塞征戍亦有所著墨，不僅寫下幾首內容深刻，情感細膩的佳篇，也由此呈顯了巾幗不讓鬚眉的成就。以唐代女詩人而言，大抵有鮑君微〈關山月〉、裴羽仙〈哭夫〉、薛濤〈罰邊有懷上韋相公〉、〈籌邊樓〉、〈罰赴邊上韋相公〉等是以邊塞爲題材的詩作，然薛濤在「商女不知亡國恨」及「唯女子與小人爲難養也」的歷史偏見中，卻能深明大義，譜出凜然的識見及錚錚的氣節，較之開元天寶邊塞詩人毫不遜色。以〈籌邊樓〉爲例，其謂「平臨雲鳥八窗秋，壯壓西川四十州。諸將莫貪羌族馬，最高層處見邊頭。」此短短七言絕句中，敘情感慨，抒議頓挫，在動蕩開闊之中，呈現女詩人擴大題材和加深內容的藝術功力。尤其是在「武開邊意未已」的歷史長河裡，此種師出無名的夷夏對立所造成的死傷狼籍，迫使女詩人能超越敵我的對抗，從而反省戰爭的意義並表現普遍的人性光輝，在登樓眺覽塞垣奇景之餘，流露了她的悲憫之慟，無異是杜甫〈前出塞〉九首之六：「挽弓

當挽強，用箭當用長。射人射先馬，擒賊當擒王。殺人亦有限，立國自有疆。苟能制侵陵，豈在多殺傷？」的題材繼承與思想體現。

再者，對四川名勝的題記賦詩，薛濤亦多所踵武，如岑參寫有〈登嘉州凌雲寺作〉〔註6〕、司空曙作〈題凌雲寺〉〔註7〕、薛濤則有〈賦凌雲寺〉二首，惟體裁及內容不盡相同。第一首以古體形式夾敘夾議，表現「凌雲」之情感，在壯闊之中又摻雜著淒涼的氣氛。第二首以七律體式茲就凌雲寺的景物、地勢、格局作全幅的描寫，準確地傳達凌雲寺春天的迷人靜謐景象。至於薛濤則以二首七絕來摹繪凌雲寺的縹緲幽秀，率由意外生想，殊為難得之作。

（三）以民俗藝術題材為例

薛濤或有一如上官昭容〈九月九日上幸慈恩寺登浮圖群臣上菊花酒〉一詩以重陽之民俗為題材，而寫有〈九日遇雨〉詩二首。又薛濤〈春望詞〉曰：「攬草結同心，將以遺知音。」、「不結同心人，空結同心草。」此「同心結」一詞率由古樂府〈江陵女歌〉所云「拾得娘裙帶，同心結兩頭」及〈小小歌〉云「何處結同心？西陵松柏下。」而來，此後隋曲有〈同心髻〉，唐《教坊記》所載曲名有〈同心結〉、〈同心樂〉，大曲名又有〈同心結〉，如是一義三曲，薛濤遂應用此俗而入詩。至於唐朝士人中十分流行的四大傳統藝術——琴、棋、書、畫，薛濤亦不褪潮流而有所著墨，除了本身已具書畫才藝之外（如薛濤箋及其行書），在其詩歌中所言及之樂器有蘆管，詩題為〈聽僧吹蘆管〉；所提及之畫〈有酬雍秀才貼巴峽圖〉。不論是寫蘆管的「曉蟬

〔註6〕 岑參〈登喜州凌雲寺作〉詩云：「寺出飛鳥外，青峰戴朱樓。搏壁躋平空，喜得登上頭，殆知宇宙闊，下看三江流。天晴見峨眉，如向波上浮。迥曠煙景豁，陰森棕楠稠。願割區中緣，永從塵外游。回風吹虎穴，片雨當龍湫。僧房雲蒙蒙，夏月寒颼颼。回合俯近郭，寥落見遠舟。勝概無端倪，天宮可淹留。一官詎足道，欲去令人愁。

〔註7〕 司空曙〈題凌雲寺〉云：「春山古寺繞滄滄，石磴盤空鳥道過。萬丈金身開翠壁，萬龕燈焰隔煙夢。雲生客到浸衣濕，花落僧禪覆地多。不與方袍同結社，下歸塵世竟如何？」

嗚咽暮鶯愁……散隨全磐泥清秋」，或是描繪巴峽山水圖的「千疊雲峰萬頃湖，白波分去遶荊吳」，皆可窺出薛濤文藝學養的不凡。

綜上所述，薛濤詩題材內涵的繼承與體現，大可簡言爲中唐詩內容特質的發揚。其一，是形式上接續盛唐絕句的遺緒，把各方面的生活注入詩的內涵，一如李益、劉禹錫、張繼等詩人。其二，是繼承王維、孟浩然輩的山水詩發展，在摹山繪水上卻鮮用五、七言律詩及古詩，而試採五絕七絕，一如柳宗元、劉長卿……諸人。其三，是承襲杜甫詩作內容的深刻性，從個人的際遇來抒發不平之鳴，同時也能注視社會並反映史實。揆諸濤詩，儘管內容之類別鮮有獨創，然單就其能從託喻到感事，從摹仿前人典範之作轉向由自己見聞中蒐集素材，或是眞人眞事中寓寄感慨……等方面觀之，薛濤個人努力的成就是可以肯定的。換言之，她繼承了也體現了「大凡人之感於事，則必動於情，然後興於嗟嘆，發於吟詠，而形於歌詩矣。」（白居易〈策林·六十九〉）的詩歌抒情傳統，並展現推陳出新的創作意涵。

二、表現技巧

唐代民間女詩人囿於封建社會不重視女子教育，以及知書識字率由私學得之的不完整歷程，遂使其爲文作詩較缺乏高曠之境界，而易流於淺俗平庸。正由於無高深之學問以爲後盾，加以生活思想的狹隘，以致在纖麗輕倩的抒情小詩中，難以發揮慷慨激昂、踔厲悲壯的古風。因此，在一片詩語通俗、技巧平凡的女詩人作品中，薛濤以其積學的深厚與受文士詩人的薰染，而自闢一個令人驚豔藝術園地。從《宣和書譜》謂其「有林下風致，故詞翰一出，則人爭傳以爲玩。」和《國史補》云「濤，文妖也。」正可說明薛濤詩作技巧的純熟，與令人折服的才氣。

從詩的形式與題材的配合運用而言，薛濤慣於以五七言絕句的體裁來抒情達意，反映生活。此特點的產生背景，殆緣於五、七言之體，短小精闢，利於構思，又格律不及律詩之嚴格，佐之唐代絕句的本質

爲聲詩，能被諸管弦，聲會絲竹，即便隨口吟唱，亦甚流麗。是以非惟一般婦女善用此形式，亦頗便於歌伎的往來酬唱。因此，揆諸《全唐詩》中女詩人之作，多以五七言絕句呈顯其詩思詩情，而薛濤現存詩作亦承襲了此特徵，尤以五、七絕爲善。換言之，以「五七言斷句、節短音長，尤爭神韻，若徑直而無含蓄，則索然味盡矣。」（《唐詩箋注序》）及「蓋絕句字數本既無多，意竭則神枯，語實則味短，惟含蓄不盡，使人低回想像於無窮焉，斯爲上乘矣。」（《唐宋詩舉要》）的觀點來檢視薛濤詩作的成就，無疑的（如前章第三節所敘）正是薛濤藝術表現的最佳註腳，也是她「風人之致」的體現〔註8〕。

　　至若以議論入詩的表現方法言之，薛濤或多或少受社會詩人的啓迪。從杜甫的〈蜀相〉、〈八哀〉、〈茅屋爲秋風所破歌〉……到李益〈上汝州郡樓〉、劉長卿〈過鄭山人所居〉、張繼〈閶門即事〉，到白居易的〈代賣薪女贈諸妓〉……，都是典型夾敘夾議的例子。沈德潛《說詩晬語》卷下謂：「人謂詩主性情，不主議論，似也而不盡然。試思《二雅》中何處無議論。杜老古詩中，〈奉先詠懷〉、〈北征〉、〈八哀〉諸作；近體中〈蜀相〉、〈詠懷〉、〈諸葛〉諸作，純乎議論。但議論須帶情韻以行，勿近傖父面目耳。」也正說明好的議論，不但能深化詩意，更可增強描寫藝術的完美。是而薛濤幾首邊塞題材的詩作，如〈罰赴邊有懷上韋相公〉、〈籌邊樓〉、〈罰赴邊上韋相公〉等，不難窺其有警策的議論，在一點生發之後，呈現一幅令人唱嘆深長的歷史畫卷。此外，薛濤或將議論渾融於形象中，如〈十離詩〉借物陳情，論議中肯；〈海棠溪〉則於「不涉理路、不落言筌」〔註9〕的意蘊中，抒發了自己的生活哲理。要言之透過海棠花、十種動物、古蹟、風物……等有限的形象，詩人於有意無意之間發表了她獨到的見解，除了發揮絕句以小喻大的特長外，更入情入理地寫出她壓

〔註8〕　《唐宋詩醇》卷十八引張繼之說：「詩之妙處正不必寫到眞，說到盡。
　　　　而其欲寫欲說者自宛然可想，斯得風人之義。」
〔註9〕　見嚴羽《滄浪詩話》。

倒鬚眉、技冠群芳的個性特色，也充分展現她「怨而不怒」、「溫柔敦厚」的藝術才性。

　　另一方面，薛濤詩作技巧的運用，就佈局安排而言，由於詩人藝術構思有別，在同一題材、甚或同一場景、同一情事的刻劃描寫上，各關蹊徑以展風貌。如以寫樓的技巧為例，薛濤〈籌邊樓〉起首二句謂「平臨雲鳥八窗秋，壯壓西川四十州。」乃採用景物襯托、氛圍渲染的手法，與岑參以「送客飛鳥外，城頭樓最高。尊前遇風雨，窗底動波濤」（〈陝州月城樓送辛判官入秦〉）來寫陝州月城樓，和暢當用「迴臨飛鳥外，高出世塵間」（〈登鸛鵲樓〉）來寫鸛鵲樓，有異曲同工的藝術效果。又〈籌邊樓〉後二句云「諸將莫貪羌族馬，最高層處見邊頭。」與白居易新樂府〈西涼伎〉以長安為背景寫吐蕃的侵擾所言「平時安西萬里疆，今日邊防在鳳翔。」之用意類似，均是慨嘆邊事之日非、和疆界之日蹙；所不同者，乃濤詩為形象的誇張描繪，白詩為平實的歷史陳述。此外，於情節架構上，濤亦善用反跌來轉折詩意，善用雙綰手法來表達感同身受而情深意篤的內涵。殆絕句妙境貴在轉句生意，由來如李白〈早發白帝城〉詩第三句「兩岸猿聲啼不住」，王昌齡〈閨怨〉詩第三句「忽見陌頭楊柳色」到白居易〈魏王堤〉詩第三句「何處未春先有思」……，皆是詩句於轉折處另闢新境，翻出新意之例。於此薛濤亦有所繼承及體現。如〈十離詩〉、〈寄張元夫〉、〈題竹郎廟〉、〈春郊遊眺寄孫處士〉、〈江邊〉、〈海棠溪〉……，其第三句或以反詰語氣、疑問句領起作轉折，或以跌宕起伏的詩情來迴環曲折。至若雙綰技巧的運用，一般而言，唐代詩人多用於表達相思憶念之情。如嚴維〈丹陽送韋參軍〉云「日晚江南望江北，寒鴉飛盡水悠悠」，以兩地相隔南北卻同秋的惆悵，來雙綰二人的遙念之情；又如白居易〈望驛台〉云「兩處春光同日盡，居人思客客思家。」以春光同盡雙綰居人客子的同思。無獨有偶地，薛濤〈春望詞〉以花開落、春風春鳥來雙綰相思之情，期能如同心結、同心草般的堅固；〈池上雙鳥〉以雙棲綠地上之鳥，其「朝去暮飛還」的傳神形象正雙綰著

詩人「同心蓮葉間」的期待；〈春郊遊眺寄孫處士〉云「何事碧雞孫處士，伯勞東去燕西飛」以勞燕分飛雙綰兩地相期的無奈。諸如各例，皆可一窺薛濤謀篇技巧的承繼運用與嶄新體現。

　　再者，從語言錘鍊的角度觀之，更每見薛濤推陳出新的藝術功力。以化用前人詩句詞彙爲例，濤詩〈送鄭眉州〉云「離人掩袂立高樓」，正是南朝梁劉孝綽〈侍離宴〉中「掩袂望征雲，銜杯惜餘景」的應用發揮。又如濤作〈江月樓〉云「垂虹納納臥譙門，雉蝶眈眈俯漁艇」其「納納」用裴遜之「納納江海深」，及杜子美「納納乾坤大」，藉以形容橫臥城樓上之彩虹的廣大包容貌。又「眈眈」係出《左傳》「守陴者皆哭」之「陴」義，杜預注云：「陴者，城上之睥睨。」薛濤由是應用以形容江月樓城牆之可俯瞰窺望的勢態。餘如〈贈遠〉詩，其謂「錦字開緘到是愁」，除了引用蘇蕙織錦爲迴文以贈夫的典故外，也是李白〈久別離〉詩云：「況有錦字書，開緘使人嗟。」詩語之脫胎翻新的應用。而〈酬辛員外折花見遺〉一詩，濤謂「一枝爲授殷勤意，把向風前旋旋開。」則是白居易〈和薛秀才尋梅花同飲見贈〉詩中「歌聲怨處微微落，酒氣熏時旋旋開。」的融化翻用。薛濤如是善於脫胎點化、融化翻新的藝術技巧，除了顯現其錘鍊字句的工夫外，也說明了她於詩歌創作中的繼承與革新關係，更因其俯仰不隨人，陳言不蹈襲的文采，而愈顯其非凡的成就。

　　綜而言之，薛濤傾注個人的才力來寫世間最豐富、複雜、婉曲及微妙的感情，從而展現她有所承繼與創新的藝術手法。換言之，從立意、謀篇，到遣詞造句，意象經營，都能自生活中的深切體驗而有所獨創，故說理則有眞知卓見，言情則能獨抒性靈，寫景狀物亦能意新語工。其可貴之處，在於學習和借鑒前人的創作技巧，從而於此基礎上有所發展，有所創造。正如清風朗月，四時常有，而光景常新。因此，薛濤藝術技巧的體現，便在感情、語言、聲律、辭章……等因子中協同創新，有類四季不著痕跡的遞嬗，隨時展現予人目不暇給的風情，並震動讀者的心容。

第三節　文學風貌的呈現與發揚

　　薛濤所處的文學時代與元和體的關係，已如前文所述。惟不論是如唐李肇《國史補》卷下所指之憲宗元和時代之奇詭、苦澀、流蕩、矯激、淺切、淫靡等六種詩文風格；抑或如宋王讜《唐語林》卷二所云元和文風爲「摛章繪句、聱牙崛奇，譏諷時事」；或如《舊唐書》卷一六六元稹傳中所載「……工爲詩，善狀詠風態物色。……」或據元、白二人自下之文學內涵的次韻相酬之長篇律詩，與杯酒光景間的小碎篇章等，薛濤在題材與風格上，或多或少皆有所承繼與發展。儘管賀裳《載酒園詩話又編》云：

> 中唐人故多佳詩，不及盛唐者，氣力減耳。雅淡則不能高深，雄奇則不能沈靜，清新則不能深厚。至貞元以后，苦寒、放誕、纖縟之音作矣。

然在社會政治與文化特質皆有所變化的中唐時代裡，如是因嚴峻、冷酷現實所產生苦悶、徬徨、哀愁的詩歌主調，導致詩人善描寫身邊瑣事、抒發內心鬱悶、託物興寄……的風潮，實不足爲怪矣。是而中唐文學呈顯與盛唐氣象絕不類同的風貌乃時勢所趨，亦是中唐詩歌的價值所在。

　　薛濤詩作的成就，便是在時代風潮中呈現她對生活的希望和信心，在健康活潑的精神上，以詩篇作爲生活與心靈的寫照。正因她置身於生活的波濤中，故對於時代潮流的漲落、自然生機的遞衍、人情的冷暖……有著直接的感受，從而表現了對實際生活最熱心的關注，與從中迸發而來的真正歌哭。質言之，薛濤的詩歌文學因貫注了生活的氣韻、當事人的真情真感，時代的精神主題，故所體現的文學風貌不僅涵蓋了生活之善、精神之美，亦將她的生命情調表現的更爲生動與真切。茲從樂府寫實風貌的體現、思深語近風情的發揚、清麗雅正風格的呈現等三方面來一睹女詩人的薛濤的藝術風采，與認同時尚的文學風貌。

一、樂府寫實風貌的體現

　　樂府的寫實傳統在薛濤詩作當中有相當的成就。不論是樂府民歌情調的延展，或是感時諷政的寫實手法，都有一定的發揚與應用。

　　以濤詩〈春望詞〉四首爲例，除了題材源自古樂府〈江陵女歌〉外（見前節所敍），其內涵主旨不外展現樂府民歌風格，並且饒富吳歌西曲的韻味，讀之頗有綣繾迴環的聲情效果。又如濤作〈題竹郎廟〉一詩，其云：「竹郎廟前多古木，夕陽沈沈山更綠。何處江村有笛聲，聲聲盡是迎郎曲。」是典型的民歌情調，受四川民歌〈竹枝詞〉的影響不少。殆〈竹枝詞〉是巴渝等地民歌中的一種，其內容以描寫男女戀情和歌詠山川景物、風土人情爲主。中唐詩人顧況、劉禹錫、白居易……皆有擬作。譬諸劉禹錫〈竹枝詞〉九首之一所云：「楊柳青青江水平，聞郎江上踏歌聲。東邊日出西邊雨，道是無晴卻有晴？」及之二所云：「山桃紅花滿上頭，蜀江春水拍山流。花紅易衰似郎意，水流無限似儂愁。」則濤作清新俊爽的民歌情韻，無異是〈竹枝詞〉中清新優美之韻致所哺育出來的。此種具有開朗健康的民間情調和濃厚的風物清音，對薛濤而言，正是爲中唐新樂府運動注入一股新的生命力〔註10〕，也是對古樂府民歌情調的認同與發揚。

　　另一方面，樂府寫實傳統在中唐新樂府的主題選擇、材料運用、技巧手法與藝術目的上，均有因應時代的創發。尤其在中唐政經變革日劇，宦官之禍與朋黨之爭互爲表裏的時代中，除了爭戰連年、徵兵征糧而稅收繁重外，餘如藩鎮的日益坐大且擁兵自重，致邊塞一一告緊……如是相關的主題，頓時皆成爲中唐詩人一再諷詠的中心思想。

────────────

〔註10〕白居易〈新樂府〉序云：「其體順而律，可以播於樂章歌曲。」是在原有的樂府傳統中，發展古題古意（其音樂殆半喪失）、古題新意（沿用樂府古題而自創新辭，不爲原題意、原聲調所拘）、新題新意（只模仿樂府，徒具音樂形式，內容純爲創新）的古體民歌風格。儘管中唐新樂府原有的音樂性已大爲減低，然其樸素寫實的情調與日常生活相連結，頗受中唐文士如元稹、白居易、劉禹錫、張籍……等之喜好，並蔚爲一時風尚。

舉如張籍的〈關山月〉、〈塞上曲〉、〈征婦怨〉、〈妾薄命〉；元稹的〈古
築城曲〉、〈織婦詞〉；白居易的〈賣炭翁〉……等，皆為亂世人民心
聲的反映。薛濤處此文學風潮，或基於身份職司的一種言責，或出於
自己親身的寶貴經驗，遂形象化地刻劃了一篇篇生活歷史的真相，寫
下了「黠虜猶違命，烽煙直北愁。」、「聞道邊城苦、而今到始知。」
（〈罰赴邊有懷上韋相公〉二首）；「驚看天地白荒荒，瞥見青山舊夕
陽。」（〈賊平後上高相公〉）；「知君未轉秦關騎，月照千門掩袖啼。」、
「閨閣不知戎馬事，月高還上望夫樓。」（〈贈遠〉二首；「諸將莫貪
羌族馬，最高層處見邊頭。」（〈籌邊樓〉）等扣人心弦的詩句。此正
說明薛濤處於永貞革新與元和削藩的環境中，踵武元稹、白居易等中
唐詩人繼杜甫元結以來感時諷事的傳統﹝註11﹞。儘管女詩人並非歷史
的記錄員，卻能關注社會事象；在議論感嘆之餘，增添感事寫意的興
寄功能，抒發高瞻遠矚的識見。如此結合人生理想與歷史思想的歌
詩，正是薛濤將小我之即時性生發為大我之共時性的最佳證明，也是
其對生命共同體有所闡發的實際體現。換言之，濤詩令人體味無盡的
珠璣之語，不啻為中唐詩人攸關政經所反映在文學生命上之大潮流、
大趨勢的餘緒，也是女詩人表現其風骨興寄與感情諷事之寫實功能的
具體成就。

二、思深語近風情的發揚

　　元稹〈上令狐相公詩啟〉云：「思深語近，韻律調新，屬對無差，
而風情宛然。」以此說明他對淺近精工之語言、圓潤流利之音韻、思
致深婉之意蘊的詩歌藝術的追求。薛濤在與詩人酬唱交往的潛移默化

﹝註11﹞ 元白繼陳子昂、杜甫之詩歌革命，提倡新樂府，創作社會詩以反映
　　　　現實。此類為時事而作的詩篇，其內涵主旨即如《白氏長慶集》新
　　　　樂府序中所言：「其辭質而徑，欲見之者易喻也。其言直而切，欲聞
　　　　之者深戒也。其事覈而實，使采之者傳信也。其體順而肆，可以播
　　　　於樂章歌曲也。總而言之，為君、為臣、為民、為物、為事而作，
　　　　不為文而作也。」

中，對其當代大詩人的文學藝術取向亦有所秉承與體現。

以淺近精切之語言爲例，劉熙載《藝概》卷二謂：「常語易，奇語難，此詩之初關也。奇語易，常語難，此詩之重關也。」正點出淺言常語之於詩歌藝術的不凡價值。薛濤詩語鮮見炫目的辭藻的深刻的議論，其不事雕飾的詩歌，是從自然純樸、恬淡活潑、富生機的平淡語言中，蘊涵她熾熱的情感與濃郁的生活氣息，透過比喻、對比、用典、象徵……等修辭手法，呈現她天然去雕飾的心靈謳歌。如〈春望詞〉率以淺近之語而入情，妙而悵嘆不盡；〈月〉詩細語幽響而含吐不欲自盡；〈送友人〉以淺淺之語，幻入懷人深意；〈送扶鍊師〉以使事之句，表款折多趣之情；〈和郭員外題萬里橋〉詩語用事用經，淺深曲盡，轉折多妙；〈籌邊樓〉則用淺露警醒字句，呈顯詩人何等心眼……。率爲薛濤精鍊含蓄又淺近生動之語言所經營出來的佳篇。

此外，薛濤除了發揚新樂府繼承古樂府民歌的寫實傳統外，在語言的表現技巧上亦有所發展。譬如將民間口語採之入詩，使近體詩因語言符號的樸拙和自然而愈發趣味引人，親切動人，其詩意更隨淺切的俗語、俚語而意象清新，易於知解。試觀〈斛石山書事〉一詩所云：「王家山水畫圖中，意思都盧粉墨容。今日忽登虛境望，步搖冠翠一千峰。」其中「意思都盧粉墨容」乃當代之詞彙，猶云不過爾之意，遂以此言薛濤所見畫中之斛石山，不過粉墨而已，乃至實地一望，乃始知有步搖冠翠之奇也。作者以唐人俗語鉤勒心中不以爲意之情狀，隨之釋放而來的詩意卻不膚不淺，頗得語淺情深之妙。又若〈聽僧吹蘆管〉詩中言及「罷閱梵書聊一弄，散隨金磬泥清秋」，其中「泥」字爲唐人口語，據《升庵詩話》所載：「俗謂柔言索物曰泥，乃計切，諺所謂軟纏也。」之意解之，則「泥」的滯留情態與「聊」的不經意撩撥之勢遂成爲連貫完整的感官意象，透過此一淺字俗語的「泥」字刻劃，蘆管餘音繚繞於秋空中的形象躍然紙上。至若〈柳絮詠〉詩中云「他家本是無情物，一向南飛又北飛。」當中之「他家」與「一向」乃民間俗語，將「多情怕逐楊花絮」的情感藉著俗情俗物一霎間的無

定而靈心映帶，其自況之情亦隨之飄灑不盡。諸如此類活用俗語、俚語，以及一般民間所習用的口語，非但不覺鄙俗而有清新自然之感。因此，如是未曾僵化的民間語言，更因文人的引用而有雅俗互相挹注的生動之美。

　　質言之，薛濤詩篇即便是使事用典，抑或口語入詩，大抵能以質樸之語及自然抒情之手法呈顯詩歌感發的功能，並發揮思深語切和言淺意眞的蘊藉之風。蓋詩貴乎情，情貴乎眞，詩句的恬淡、語言的自然，能化人工之美爲天籟之趣，化生澀古奧爲生動自然。由是薛濤體現思深語近的文學風尚，不僅使其詩作靈動流暢，情致委婉，便爲其詩歌藝術奠下了精切自然的豐采，與思致深婉的成就。

三、清麗雅正風格的呈現

　　中唐詩學的風格發展，可從中晚唐詩人作品之選集管窺。《詩藪・內編》卷三謂安史之亂後的中唐詩壇爲「神情未遠，氣骨頓衰」。唐德宗時高仲武所編《中興閒氣集》序中則以「體狀風雅，理致清新」標示時人的詩歌審美趣尚。其後晚唐韋莊《又玄集》序言「長樂暇日，陋巷窮時」，五代韋縠《才調集》序謂「或開窗展卷，或月榭行吟」，一面說明選集中詩歌創作趣味的導向，一方面也爲「韻高詞麗」的表現手法作一歸納整理，呈顯中晚唐詩人清詞麗句的修辭成就。薛濤在「聲律風骨兼備」和「既多興象，復備風骨」的盛唐詩歌餘韻裡，分入《又玄集》與《才調集》的中唐詩人典範之列，正是她與時共進，創作有本之時代作風的證明。又晚唐張爲《詩人主客圖》將薛濤置於「清奇雅正」之列，與中唐李益、張籍、賈島、項斯等詩人並提，是對薛濤語言清新，意境典雅，議論平正之詩歌藝術的肯定。茲觀濤作如〈春望詞〉之清新自然；〈賊平後上高相公〉的自然挺正與拓落之氣；〈送友人〉的清詞意宕；〈上川主武相國〉的整麗雄健；〈贈蘇十三中丞〉的氣質森挺……，都是在萬壑爭流的中唐詩壇中，薛濤有所承繼、轉化的創作。

要言之，濃厚的抒情色彩，和諧的音韻與餘味無窮的意韻，充分呈顯薛濤感情濃摯的清麗詩風，和隨物賦形、描寫熨貼的優雅風格。而其興發之思所展露的時事遠見，不僅情采動人而發人深省，且一改雄渾蒼勁的盛唐氣象而爲流麗安詳的情致，不啻薛濤屹立中唐詩壇的最佳詮釋，也爲女詩人溫厚平和的豐采氣度作了最確切的應證。

第四節　薛濤詩之評價

薛濤生前的詩名是與名詩人的頻繁酬唱中日益增長的，故其詩集中以酬贈唱和的作品占絕大比例。此種官場的交際詩向來與傳統詩歌格格不入，若欲得傳統詩評的讚賞，必是在平庸自然的詩風中，滌去陳詞濫調與遊戲筆墨的作風。是故，濤詩在語多流蕩、句多言情的文采中，不僅抒寫了閨怨以外的內容；在附庸風雅的俗情中〔註12〕，亦能有對閨閣之氣的超越。於是，薛濤獲得了凌越其身份、德節外的稱頌，僅僅以她的詩才即留予後人深刻的印象和歷久彌新的懷念。曹丕謂文章乃「不巧之盛事」，信哉斯言！

一、中晚唐詩壇的肯定

元稹〈寄贈薛濤〉詩有「言語巧偷鸚鵡舌，文章分得鳳凰毛」和「紛紛詞客皆停筆，個個公卿欲夢刀」的評語。之後，詩人王建〈寄蜀中薛濤校書〉則有「掃眉才子知多少，管領春風總不如」的讚語。又李肇〈國史補〉卷下云：「……有樂伎而工篇什者，成都薛濤。有家僮而善章句者，郭氏奴。皆文之妖也。」再者，張爲《詩人主客圖》載「清奇雅正」之「升堂」者七人，薛濤得與方干、馬戴、任藩、賈島、厲元、項斯等詩人並列，其爲張爲《詩人主客圖》中唯一入選的

〔註12〕薛濤因身份之殊異，往來官場與文壇的機緣頻仍。爲因應與官員文人的酬酢，遂不免習慣於此種場合的套語寫詩，如〈酬文使君〉云：「延英曉拜漢恩新，五馬騰驤九陌塵。今日謝庭飛白雪，巴歌不復舊陽春。」正以「延英」、「漢恩」、「五馬」、「九陌」、「謝庭」、「白雪」、「巴歌」、「陽春」套字入詩，而顯附庸風雅之時氣也。

女詩人。綜此數載，或譽之過盛，或辭涉謾訑，或囿於一時之武斷，然皆足證薛濤在中晚唐詩壇上不可小覷於一般詩人的地位

二、宋、元、明、清典籍之評述

歷代評價濤詩者，眾矣。茲舉較具特色之評語以爲薛濤詩篇中富藝術價值的佐證。

宋晁公武《郡齋讀書志》著錄薛濤《錦江集》五卷，晁氏在親見總覽《錦江集》全數作品之後，評云：「……西川樂妓，工爲詩，當時人多與酬贈。……」而宋《宣和書譜》卷十云：「婦人薛濤，成都倡婦也，以詩名當時，雖失身卑下，而有林下風致。故詞翰一出，則人爭傳以爲玩。……每喜寫己所作詩，語亦工，思致俊逸，法書警句，因而得名。……」二則引文中之「工爲詩」、「語亦工」，實己概括薛濤詩作之藝術表現。以現存九十餘首詩篇觀之，大抵聲韻優美，詞語妥貼蘊藉，鮮見浮濫之作，故一「工」字確爲約而精之評述矣。

元辛文房《唐才子傳》卷六對薛濤的評價則謂：「其所作詩，稍窺良匠，詞意不苟，情盡筆墨，翰苑崇高，輒能攀附。殊不意裙裾之下，出此異物，豈得匿其人而棄其學哉！」是著眼於薛濤「風人之致」的再度揄揚。以濤詩〈贈遠〉二首之表達對元稹的關切和思念，與〈籌邊樓〉抒發眾女詩人中難得提及的時局之憂觀之，則無論是描寫男女戀情的屬意之作，抑是表現重大社會意義的主題篇什，詩人率以簡鍊清新的語言及剛健樸質的風格，呈現她含蓄委婉的典雅情懷與持重安邊的深遠識見。由此而言，則辛氏之謂固誠爲公允之論，而又謂「薛濤流落歌舞，以靈慧獲名當時，此亦難矣。」（《唐才子傳・李季蘭》）更非溢美之辭。殆於中唐之際，能使如白居易、元稹那些文豪與其來學往交，豈爲如此身份地位之薛濤始料所及。又豈是有唐詩壇中之女作家人人可得之機緣，殊非「此亦難矣」之謂也。若佐之《名媛詩歸》評濤詩〈籌邊樓〉曰：「教誡諸將，何等心眼」及《紀河間詩話》所云此詩「託意深遠，常尋常裙屐所及」等語，則薛濤的風人之致、淡雅之質無異受到多重的

褒揚，也爲瑰麗的古詩壇上憑添一顆耀眼璀燦的明星。

　　薛濤雖係一倡藉伎女，浪迹樂坊，然其詩才，亦如唐、宋、元諸詩家之抬愛，備受明代詩人推崇禮讚。由是詩名之顯赫，亦足以湮沒其佚蕩的生平。試觀李贄《焚書》云：「……夫薛濤，蜀產也。元微之聞之，故求出使西川，與之相見。濤因走筆作《四友贊》以答其意，微之果大服。夫微之，貞元傑匠也，豈易服人者哉？吁！一文才如濤者，猶能使人傾千里慕之。……」及郭煒《古今女詩選》云：「薛濤才情，標映千古。」皆是對薛濤文采的揄揚。以濤作〈送盧員外〉爲例，詩謂「玉壘山前風雪夜，錦官城外別離魂。信陵公子如相問，長向夷門感舊恩。」其高樸古靜的手筆，寫來悲厚至極！由是郭煒進而讚賞濤詩「直高中唐人一格」，確爲實至名歸之論斷。至若薛濤向來爲人所稱頌之「無雌聲」的風格思想，則見於胡震亨《唐音癸籤》卷八所云：「薛工絕句，無雌聲，自壽者相。」從濤作〈罰赴邊上韋相公〉一詩中其道「但得放兒歸舍去，山水屏風永不看」的語意觀之，女詩人引用典故說明決心與驕奢侈靡、紙醉金迷的生活一刀兩斷，或可爲其「無雌聲」的風格根源。再者，由薛濤〈送友人〉一詩中所展現纏綿難捨情懷的筆調觀之，如是悲楚的送別之作，竟能寫得哀而不傷，蘊藉敦厚；且於「水國蒹葭夜有霜，月寒山色共蒼蒼」的送別悽寒之景與「誰言千里自今夕，離夢杳如關塞長」的惜別深情中，寫來迴環有致又不落俗套。是故，明周珽《唐詩選脉箋釋會通評林》稱道此詩「情景亦自濃豔，卻無脂粉氣。雖不能律以初、盛唐門徑，然亦妓中翹楚也。」確爲無庸置疑之論。餘如〈上王尚書〉的「逸而動，絕不帶媚氣」及〈籌邊樓〉的「教戒諸將，何等心眼！洪度豈直女子哉，固一代之雄也！」（明鍾惺《名媛詩歸》）和〈續嘉陵驛詩獻武相國〉云「強爲公歌〈蜀國弦〉」；〈段相國遊武擔寺病不能從題寄〉云「消瘦翻堪見令公」所透顯詩人對強顏歡笑，曲意奉承的怨懟，在在呈顯其不見絲毫媚氣的文采。質言之，薛濤以詩受知而自不緣色相的生命氣質，遂使所作之詩篇清新綿密，情致娓娓，即便詩之內容有關

乎時事，亦爲一時名流所推重。因此，濤詩固以抒情爲主，然其卻能夠擺脫一般女子因缺乏生活接觸層面所帶有的「閨閣之氣」，而呈顯了「無雌聲」的文采風流；另一方面在藝術感受、構思和表現上，又無不帶有女性詩人的閑婉和細膩。無怪乎明楊慎譽之「……有諷喻而不露，得詩人之妙，使李白見之亦當叩首，元、白流紛紛停筆，不亦宜乎」(《升庵詩話》卷十一評〈罰赴邊有懷上韋相公〉)又盛讚謂「予品蜀豔，首薛洪度事，文采風流，爲士女行中獨步。」(《綠窗女史》)凡此種種評述，足見薛濤詩名的遠播及受明代詩人的重視。

　　揆諸清代，對薛濤詩作有所泛論評述者，則有陸昶《歷朝名媛詩詞》所云：「濤詩頗多，才情軼蕩，而時出閒婉，女中少有其比，然大都言情之作，娓娓動人」及王士祿《燃脂集‧宮閨氏籍藝文考略》引《詩鏡》云：「薛濤詩氣色清老，是此中第一流人。」；章學誠《文史通義‧內篇五‧婦學》所云：「唐宋以還，婦才之可見者，不過春閨秋怨，花草榮凋，短什小篇，傳其高秀，閒有別出著作……其有妙兼色藝，慧擅聲詩，都士大夫，從而酬唱。大抵情綿春草，思遠秋楓；投贈類於交游，殷勤通於燕婉。詩情闊達，不復嫌疑；閨閣之篇，鼓鐘聞外。……今就一代計之，篇什最富，莫如李冶、薛濤、魚玄機三人，其他莫能並焉。……」以上三則評述，大抵言薛濤詩篇之丰采與氣度，是統合之論及皮相之譽。至若眞正涉及濤詩之風格思想而加以品騭者，則非紀昀莫屬。試觀其於《四庫全書總目》卷一八六所云：

　　……濤〈送友人〉及〈題竹郎廟〉詩，爲向來傳誦。然如〈籌邊樓〉詩曰：「平臨雲鳥八窗秋，壯壓西川四十州。諸將莫貪羌族馬，最高層處見邊頭。」其託意深遠，有魯嫠不恤緯，漆室女坐嘯之思，非尋常裙屐所及，宜其名重一時。

紀氏引《春秋左傳》中「嫠不恤其緯，而憂宗國之隕，爲將及焉。」〔註13〕及西漢劉向《列女傳》中漆室女曰：「嗟乎！始吾以子爲有知，

──────────

〔註13〕晉杜預注：「嫠，寡婦也。織者常苦緯少，寡婦所宜憂。」

今無識也。吾豈爲不嫁而悲也？吾憂魯君老，太子幼。」〔註14〕以茲評賞薛濤深具思君憂國之思想內容。如是引經據典的佳評，雖未必切合允當，然濤作《籌邊樓》所展現女詩人眼界的擴大及內容思想的深刻化，卻使詩人稔知唐史的才學與見識溢於言表。一方面女詩人熔敘事、描寫、議論於七絕一爐，在流露筋骨之餘，仍不失唱歎之音；在語淺意深之中，仍能凝鍊警語、力透紙背！紀昀以言託意深遠，可謂切而要也。倘若佐以〈送友人〉一詩的語氣情遙，使人神遠及〈題竹郎廟〉的輕蒨而豔麗等風格，則觀紀昀對薛濤的稱譽，實不足爲怪也。惟紀氏對唐人之詩多不輕許可，評騭之語亦率多嚴苛謹嚴〔註15〕，較之於薛濤的褒揚若此，則益見紀昀對其出類拔萃之文采的肯定。除了上述詩評家的多方揄揚外，清樓藜然於《靈風草堂》陳矩所刻《洪度集》序中，亦對薛濤以才自拔而脫穎而出的才情甚爲讚揚，其謂：

> 昔人謂方外，妓女詩較詞人墨客尤易傳名，薛濤，蜀妓也。唐時蜀中官妓，擅色藝者，不知凡幾，而濤獨豔稱到今，非以其詩邪？濤詩五百首，今所存僅十二三，吉光片羽，彌足珍已。……濤死十餘年，古井新牋膾炙人口，後人猶有刻其集者，以睞鬢眉。……嗟乎！濤不幸流入樂籍，不獲以名節……而陷於樂籍以才自拔，儼然與卓文君、巴寡婦鼎峙於蜀都也。

〔註14〕 劉向《列女傳》：「魯漆室邑之女也，過時未適人。當穆公時，君老，太子幼。女倚柱而嘯，旁人聞之莫不爲之慘者。其鄰婦從之遊，謂曰：『何嘯之悲也！子欲嫁耶？吾爲子求偶。』」

〔註15〕 按紀昀對唐詩人賢如李杜，猶每遭貶損。其謂杜詩：「夫忠君愛國，君子之心；感事憂時，風人之旨。杜詩所以高於諸家者，固在於是。然集中根本不過數十首耳。咏月而以爲比肅宗，詠螢而以爲比李輔國，則詩家無景物矣。謂紈袴下服比小人，謂儒冠上服比君子，則詩家無字句矣。」而品評李商隱詩，則謂「有戲爲豔體者，近知名阿侯之類，是也。有實屬狎邪者，昨夜星辰昨夜風之類，是也。有失去本題者，萬里風波一葉舟之類，是也。……」尤見紀昀幾近吹毛求疵的嚴厲批評。

　　質言之，即以現存濤詩而論，其感歎身世、悲慨際遇者不多；其月旦人物、譏諷時政者不少。偶或有綣繾穠麗之詞，大抵纖秀娟麗，委婉有情。其諸多七絕之作，如〈題竹郎廟〉、〈送友人〉、〈謁巫山廟〉、〈罰赴邊上韋相公〉、〈送盧員外〉、〈籌邊樓〉……等，仔細玩味則見語言清新，構思機巧、運筆典雅、立意純正，大抵無頹靡豔麗之態與柔弱不振之聲。惟其題材較之當代詩人則略顯狹隘，也由於其內容不離個人生活的圈子，故濤詩之造詣不在題材內容的完成，也不在體制的發揮〔註 16〕，而是在於藝術技巧的熟練和風格內涵的「無雌聲」。秉此成就，薛濤聲光焯然的巧製鴻篇、纖細純眞的清麗之辭，終能角戰群雄、縱橫馳騁在列星燦爛而百卉競芳的唐詩領域中而歷久不衰，並爲後來魚玄機、李清照開啓女詩人縝密眞摯之情感流露的先聲。

第五節　餘　響

　　薛濤一生軼蕩而才情斐然的藝術生命，儘管爲其留下種種評述，然終究瑕不掩瑜，遂使才女的詩情與詩名至今仍活躍在中國的詩海中，非但熠熠生輝且益形璀燦。由於薛濤所處的中唐詩壇是文學歷史的轉折關鍵點，緣此特殊的文化背景，從而使薛濤詩學的餘響沿襲著中唐詩歌抒寫內心意緒的鏈條，向新體抒情詩──「詞」的發展而延續，繼而由中唐開端的敘事講唱文學道路經宋話本、諸宮調、元雜劇到明清傳奇小說、戲劇而發展雋永耐人尋繹的文學作品。是故，薛濤詩才顯赫當代而餘響便在中晚唐婉約詞派抒情的遺緒中，於明清小說戲劇中獲得體現與回應。

　　揆諸有關薛濤餘響的文學作品，大抵將其生平中的才子佳人故事納入題材，或將薛濤詩作採之入文而踵事增華，要之不忘渲染女

〔註 16〕明郭煒於《古今女詩選》謂濤詩「應制體及長詩，非其所辦，故上視鮑令暉、上官婉兒輩，稍未逮耳。」

詩人傳奇的際遇與過人的才情。明、清小說家甚而寫薛濤鬼魂與生
人相戀的故事。最有名的爲明李昌祺於《剪燈餘話》卷二所載之〈田
洙遇薛濤聯句記〉，此以筆記小說之體，敘明人田洙遇薛濤鬼魂之
事，文中有聯句及迴文詩等，自係僞託。又將薛濤生平膾炙人口的
藝術風采如製箋之技、辯慧之才、清奇雅正之作……率擷採一併述
之，可謂集才女之事蹟爲其作，大大表現了明人對薛濤津津樂道的
文學風潮。其後，明凌濛初於《初刻拍案驚奇》卷十九〈李公佐巧
解夢中言・謝小娥智擒船上盜〉中的贊語，及《二刻拍案驚奇》卷
十七〈同窗友認假作眞・女秀才移花接木〉中的入話裡，除了分別
稱許薛濤乃「上可以並駕班揚，下可以齊驅盧駱」之輩，及「眞正
名重一時，芳流百世」之詩人外，其《二刻拍案驚奇》卷十七的「入
話」更是刪改李昌祺〈田洙遇薛濤聯句記〉後的再度翻刻，藉此以
體現凌氏「因取古今來雜碎事可新聽睹佐談諧者，演而暢之」的寫
作主旨。除此之外，明抱甕老人撰輯的《今古奇觀》卷三十四，又
將凌濛初有關薛濤的篇什編入〈女秀才移花接木〉一卷中。再者，
亦有將薛濤事蹟納入戲劇素材中者，如明陳與郊著《詅癡符》，計有
〈靈寶刀〉、〈麒麟罽〉、〈鸚鵡洲〉、〈櫻桃夢〉等四種傳奇〔註 17〕。
其中〈鸚鵡洲〉係以唐侍女玉簫與韋皋事爲主，併綴入元稹、薛濤
等人，內容鋪敘繁複，惟薛濤處於配角地位。餘如清《曲海總目提
要》卷二十五之〈玉馬珮〉，亦撰有薛濤故事，惟多係杜撰之什〔註
18〕。至此，可知明清小說戲曲家對薛濤鍾愛的程度。

　　歷來藉由文學家之生花妙筆所著墨的薛濤故事，一方面除了刻

〔註17〕陳與郊四劇中之〈鸚鵡洲〉現藏南京圖書館善本室，餘者歸北京圖
　　　　書館善本室庋藏。今四劇業經影印，收入《古本戲曲叢刊》第二集
　　　　中。國內則有天一出版社影印善本書，輯爲《中國戲劇研究資料第
　　　　一輯・全明傳奇》，此四劇見於第 10 函。
〔註18〕〈玉馬珮〉載：「……薛瓊瓊慈母小娟，爲薛濤義女，瓊瓊爲薛濤之
　　　　女孫。太尉高駢授房居停。……」按薛瓊瓊爲盛唐開元官中第一箏
　　　　手，而高駢亦與薛濤有時代不符之出入。

劃女詩人多才多藝的事蹟外，另方面更顯示其詩藝之獲得廣大的回響。然在錦上添花、畫蛇添足的文字背後，對薛濤軼蕩生平所帶予她諸多穿鑿附會的不實記錄，則是後人深究其詩歌領域中所應加以爬梳考證的。質言之，薛濤以其「清奇雅正」且「無雌聲」的詩篇風靡了中國的詩壇，更由於踵事增華的文學遺緒為其締造了身後的餘響。故不論其影響為何，就檢視上述偽託竄改的篇什故事而言，即便反映了文人對薛濤這位風月裡之蘭麝天香的欽羨愛慕與由衷肯定。

第六章　結　論

清光緒三十二年陳矩於《靈風草堂‧洪度集》的「題詞中」謂：
　　冰絲鮫綺，巧麗清奇，本良家女，比竹調脂，翦波采霞，
　　光彩離離，詞壇酒墨，名重當時。天桃豔李，忽化松枝，
　　證明珠果，青燈古祠，臨流試茗，懷古生悲，遺詩流播，
　　祥雲護持。
這是最後一位《洪度集》的刊刻者，寫出他對薛濤青燈古祠的桑榆晚
景的肺腑感言。由來稗官野史、訛附傳說所遺留的種種評說，儘管充
滿杜撰、獵奇，但於多數持論公允的同情與讀賞洪流中，吾人可窺知
薛濤除了以豔麗的姿色和風流的故事為人津津樂道外，更以她溫婉秀
麗、清奇雅正、無雌聲的詩篇……在詩人輩出、佳作如林的唐代詩壇
中爭得一席之地，而為時人所傳誦，為世人所緬懷。無怪乎今日玲瓏
別致，各具風姿的四川望江樓公園中，尚留有望江樓、吟詩樓、薛濤
墳、薛濤井等遺址、遺物，供人憑吊，並與附近一代名相諸葛亮之武
侯祠、千古詩聖杜甫草堂一樣為後人所懷念，確實令人尋味不已。

綜此，本文之撰述，大抵可歸結如下之訊息，以茲作為同好者互
相切磋之據。

一、薛濤所處的中唐社會及國勢，大抵呈擾攘紛亂的局面──內
有朋黨之爭、宦官專擅；外有藩鎮割據、強寇壓境。如是的時空背景，
對當代詩人創作起了二項影響：其一是生活的不安定，故詩作多呈顯

行旅、餞別、贈答、登覽、傷感的題材。其二爲社會的病態與朝政的衰微，往往與詩人敏銳的心靈和滿腔的熱情結合，而發展成危機意識下的鏗鏘之作。另一方面，薛濤成長於唐代諺稱「揚一益二」的四川境內，而「天下詩人皆入蜀」的時代環境與「江山之秀，羅錦之麗，管弦歌舞之多，伎巧百二之富」（《全唐文・成都記序》）的生活背景，更使薛濤除了擁有中唐大環境所給予絕大的思考衝擊及絕佳的描寫資料之外，亦能不斷地汲取四川文風的菁華。由是來自天時地利的孕育，遂使薛濤挾著元稹「錦江滑膩峨嵋秀，幻出文君與薛濤」的美譽，而成爲赫赫有名的女詩人。

二、有唐社會、經濟、政治、宗教、音樂、藝術等皆爲詩歌繁殖的溫床，故詩歌儼然已成爲唐代子民最自然的共同語言。加諸唐代婦女不拘禮法而任性自適的社交，以及自由參游而無限制的宴游，佐之伎女不受禮教風俗羈絆的生活，無疑的已提供薛濤一展闊達詩情的創作題材，以及殷勤燕婉的寫作空間。正由於女詩人處於此詩歌蓬勃發展的黃金時代，往往藉由詩歌含蓄、精鍊的語言來傳情遞意，以增文雅；更因不斷地與名士縉紳交際唱和，無形中也提昇了個人的教育素質。是而聲韻之間、遣字之中，造語之內，薛濤率以詩語爲其代言，或設語莊嚴，或表情旖旎，或情眞意篤，或開拾記趣……要之每每流露出婦女亙古最纖柔的情感與縝密的心緒。

三、薛濤卒於唐文宗大和年間，她的卒年同其生年、享年一樣眾說紛紜，難有定論。惟其卒年目今學者幾已達成共識，餘則待考，此不得不謂爲研究濤詩的一大遺憾！然薛濤生平祭遇的乖舛，卻爲其帶來許多名重一時的事蹟；舉如出入幕府而歷事十一鎮，「女校書」的奏授而宣騰眾口，與大詩人元稹的露水情緣，以及錦心繡口的才思佳辯等，皆說明了她不凡的生平。若佐之以薛濤名滿蜀都的書藝，和精巧奪目的「薛濤箋」，無異爲其軼蕩的一生憑添藝術的光彩。是故，今日四川成都東門外的望江樓公園，一仿薛濤生前故居而建有古井江樓等相關文物遺跡，並以茂林修竹配祀此位掃眉才子，在數百年來文

士們約定俗成的楹聯詩詞稱誦中，冀或可以彌補文獻資料不足的遺憾，也爲這位四川才女作了成就斐然的歷史見證。

四、薛濤文思與才情所歌詠的詩篇，不是「爲賦新辭強說愁」，而是描寫生活的藝術作品。儘管畢生多舛的經歷以及與家庭生活的絕緣，應驗於她幼年送往迎來的詩讖中，但薛濤詩作中所呈顯出浪漫與感傷、渴望與執著的愛情生活；交遊廣闊而睥睨世俗的遊歷生活；動輒得咎而罰赴邊防的坎坷生活；寄情花草而法書創箋的愜意生活，卻足以滌除她顛沛際遇的不幸，充分反映薛濤爲詩而詩，爲生活而生活的藝術生命與豐潤活潑的內心世界。質言之，女詩人淒涼的身世、藝術的生活及過人的才情，正是她創作的泉源和引人注目的焦點。

五、薛濤詩篇的創作時代——中唐，是中國文學史前後的一個樞紐。此時由於狂放尙蕩的貞元之風，及奇險尙怪的元和之風，和平易流暢的元白詩風，遂使詩壇風貌有了急遽的變化。而此時詩人們致力獨闢蹊徑、開拓詩境，於題材、結構、語言、體例各方面均有所創新，由是提供了薛濤創作的成長空間。因此，薛濤詩作便有絕句、律詩、六言雜詩、組詩、古體絕句等體式的呈現。而格對的表現在整鍊工穩之外，亦有垂珠對、問答對、句中對、雙聲對、流水對等技巧的鍛鍊。至於聲律的駕馭則寓變化於整齊之中，題材則有寄獻酬唱、山水送別、詠物興寄、登臨抒懷、旅思閨怨等內容的展現。另一方面，處此求新求變的洪流中，薛濤透過題材內涵所反映出來的不卑不亢心志、踔厲風發識見、綣繾眞摯情感、自珍自重傲骨、體貼敏銳心思及對生活的執著與理想的追求，皆促使其詩歌創作篇篇燁然而詩人風度詩品盡現。

六、薛濤詩作所呈顯出令「辭客停筆」、「公卿夢刀」的藝術功力，乃是結合詩歌聲律與抒情的藝術性所展現的聲情之美。不論是五言詩作的質樸古淡、崇尙自然，抑是七言詩作的體貌流麗、風神搖曳，其詩語句式每顯色彩絢爛而音節瀏亮的聲情風調。又詩人每以詩眼鍊字加強意象的生動，與詩意的深刻雋永，從而使詩情更加扣人心弦；或

以下俗語、用虛字、疊字、數字、嵌字等設字技巧，使得語音調鏗鏘，從而改變聲情表達；或運用錯綜而迴環複沓的聲拍節奏所產生的音樂效果及抒情的傳統藝術，以豐盈聲情的內涵；或借助平仄組織所構成的音調韻部，表達詩歌的思想內容，及增加藝術感染力，從而使聲情合一。綜言之，薛濤將詩貴乎情，情貴乎真的心靈謳歌，透過詩歌的句式、語言、聲拍節奏、音調韻部的運用變化，傳達其聲情合一的藝術之美。

七、薛濤詩作的技巧與風格，深深地的表現出唐代詩人匠心獨運的特色，若詠物則體物得神，用典則不見餖飣堆砌之跡；或巧妙構思，轉句生意；或於象徵對比、巧譬妙喻的因子中協同創新；或藉由聲色、形象等感官意象的藝術化組合，而使詩情儀態萬千。要之以酣暢淋漓的技巧表現她那詞麗韻高、清奇雅正的詩風，及謳歌自然、為歌生民病、詩貫六義的親風雅風采，和語近情遙、意深而詞不躓的風格。質言之，薛濤擅以絕句之體，表現設喻精切、用典覈實、語言淺近、設語高華的技巧；並於親風雅且平易近人的藝術風格中，擺脫粗疏晦澀的流弊。難能可貴的是，在中唐女詩人境界不高的普遍表現中，薛濤所流露出凌越閨閣之氣的思想，確實呈顯令人耳目一新的風采。

八、在姹紫嫣紅的唐代詩壇裡，薛濤以受同時代詩人如元稹、王建的揄揚，及為時人、詩論家所禮讚的文采，和踰越時代的遠見與風人之致，而被歸為詩人之列。同時在有唐女詩人一片呈顯句平意遠，不尚難字的特色中，薛濤更以詞意不苟和內涵豐贍的篇什而獨領風騷。因此，薛濤在題材內涵、表現技巧均有所繼承與體現的前提下，不僅呈現她俯仰不隨人、陳言不蹈襲的文采與風情；並在時代風潮中體現樂府民歌的情調及感時諷政的寫實主題，進而發揮思致深婉且言近意遠的丰采。如是感情濃摯的清麗詩風與隨物賦形、描寫熨貼而情采動人的優雅風格，不啻為薛濤屹立中唐詩壇的最佳詮釋，也突顯她不凡的創作成就。是故，在「文章乃不朽之盛事」的歷史見證裡，薛

濤以其聲光煒然的巧製鴻篇，贏得中晚唐詩壇的肯定。之後，在歷代
詩人文人欽羨她的驚世才名與同情其坎坷不幸的評述中，又獲得「無
雌聲」、「工爲詩」的讚譽。於是，隨著顯赫的詩名與斐然的才情，薛
濤風靡中國詩壇的佳作與爲人津津樂道的藝術生活，便在踵事增華的
文學遺緒中展開其身後的餘響，從而馳騁在列星璀璨而百卉競芳的詩
歌領域，並透過戲劇小說作品的流布，反映出文人對此位風月裡之蘭
麝天香的思慕與鍾愛。質言之，這位生前一度隱身花叢，如花一般明
豔；最終寄情竹林，如竹一樣清奇的女詩人薛濤，獲致凌越其身份與
德節外的稱頌，是她以才自拔的最佳回應與最大肯定。

主要參考書目

一、薛濤著作

1. 《薛濤詩》，薛濤，《全唐詩》，上海古籍出版社，1981 年。
2. 《薛濤‧李冶詩集》，《薛濤‧李冶》，商務影印文淵閣四庫全書，1983 年。
3. 《洪度集》，薛濤，清陳矩靈風草堂刊刻——叢書集成續編，新文豐出版社，1991 年。

二、研究薛濤的著作

專　著

1. 《望江樓志》，彭芸蓀著，四川人民出版社，1980 年。
2. 《薛濤詩箋》，張篷舟著，北京人民文學出版社，1983 年。
3. 《唐女詩人集三種‧薛濤詩》，陳文華著，上海古籍出版社，1984 年。
4. 《風塵才女薛濤》（上）（下），王玨震著，秋海棠出版社，1993 年 12 月。

期　刊

1. 〈藝妓薛濤及其他〉，文典著，《暢流半月刊》，1957 年十五卷第八期。
2. 〈薛濤和她的故居〉，高如，《青年戰士報》，1965 年 1 月 28 日。
3. 〈元稹‧崔鶯鶯‧薛濤〉，目神，《文藝期刊》，1972 年 3 月第三十三期。

4. 〈傑出的文學家和書法家——薛濤〉，李又寧著，《中國時報》，1979年2月13日。

5. 〈薛濤與蜀帥〉，陳文華著，《中華文史論叢》，1980年第四期。

6. 〈元稹・薛濤・裴淑〉，卞孝萱，《四川師範學院學報》，1982年第三期。

7. 〈薛濤簡議〉，賀新居著，《天津師大學報》，1985年第五期。

8. 〈萬里橋邊女校書〉，馬曉光著，《文史知識》，1986年第九期。

9. 〈論元稹與薛濤〉，蘇者聰，《天府新論》，1988年第二期。

10. 〈薛濤簡論〉（上）（下），天問著，《成都大學學報》，1988年第三、四期。

11. 〈唐代詩壇兩紅顏薛濤與魚玄機〉，張仁青著，《國文天地》，1988年第三卷第十期。

12. 〈薛濤考異三題〉，朱德慈著，《中國古代近代文學研究》，1992年第十二期。

13. 〈風光細膩的薛濤〉毛文芳撰，《國文天地》，1993、4年第八卷第十一期。

14. 〈萬里橋邊女校書〉，江國眞，《國文天地》，1993、4年第八卷第十一期。

三、相關書籍

專　著

（1）詩叢刊・詩選集

1. 《十種唐詩選》，明・王士禎輯，廣文書局，1971年4月。

2. 《唐人選唐詩》，元・元結等選輯，河洛圖書出版社，1975年5月。

3. 《唐詩別裁》，清・沈德潛編，上海古籍出版社，1979年1月。

4. 《全唐詩稿本》，清・錢增益、季振宜遞輯，聯經出版事業公司影印版，1979年。

5. 《才調集》，唐・韋縠編，新文豐出版公司，1980年2月。

6. 《青樓韻語》，明・朱元亮輯，廣文書局，1980年12月。

7. 《分門纂類唐歌詩殘本》，宋・趙孟奎編，台灣商務印書館，1981年。

8. 《唐集敘錄》，萬曼著，北京中華書局出版，1982年12月。

9. 《萬首唐人絕句》宋・洪邁編，影印《文淵閣四庫全書》，台灣商務

印書館，1983 年。

10. 《歷代女子詩集》，趙世杰、朱錫綸輯評，廣文書局，1983 年 2 月。

11. 《全唐詩外編》，孫望輯錄，木鐸出版社，1983 年 6 月。

12. 《中國歷代女子詩詞選》，周道榮等編選，新華出版社，1984 年 12 月。

13. 《名媛詩歸》，明・鍾惺、譚元春編，張國光等點校，湖北人民出版社，1985 年。

14. 《全唐詩》，清・聖祖御定，文史哲出版社，1985 年。

15. 《唐宋詩舉要》，高步瀛選注，學海出版社，1986 年 8 月。

16. 《全唐絕句選釋》，李長路編，北京出版社，1987 年 6 月。

17. 《唐五十家詩集》，上海古籍出版社匯集出版，1989 年 4 月。

18. 《唐詩精選三六五首》，潘百齊、趙龍祥編著，江蘇教育出版社，1992 年 7 月。

19. 《元稹・白居易詩》，吳大奎、馬秀娟譯注，《中國名著選譯叢書》，錦繡出版社，1992 年 11 月。

20. 《唐詩精選》，霍松林編選，江蘇古籍出版社，1992 年 12 月。

（2）相關詩文著作

1. 《唐詩研究》，胡雲翼著，台灣商務印書館，1968 年 4 月。

2. 《中國詩學通論》，范況著，台灣商務印書館，1969 年 10 月。

3. 《中國詩學大綱》，楊鴻烈著，台灣商務印書館，1970 年 6 月。

4. 《唐詩概論》，蘇雪林著，台灣商務印書館，1970 年 7 月。

5. 《詩學》，張正體、張婷婷著，台灣商務印書館，1975 年 11 月。

6. 《中國詩人》，沈聖時著，偓勉出版社，1978 年 6 月。

7. 《詩詞故事》，黃嘉煥著，鳳凰城圖書公司，1978 年 7 月。

8. 《古典文學第一集》〈詠物詩的評價標準〉，黃永武，台灣學生書局，1979 年 12 月。

9. 《古典文學第三集》〈唐詩中的山水〉，李瑞騰，台灣學生書局，1981 年 12 月。

10. 《唐詩品彙》，明・高棅撰，學海出版社，1983 年 7 月。

11. 《巴蜀文苑英華》，何崇文等著，四川人民出版社，1984 年 7 月。

12. 《唐詩故事》，王曙撰，貫雅文化出版社，1984 年 7 月。

13. 《文心雕龍》，梁・劉勰撰、王更生注釋，文史哲出版社，1985 年。

14. 《中國詩歌研究》，羅宗濤著，中央文物供應社，1985 年。

15. 《漢唐貴族與才女詩歌研究》，張修蓉著，文史哲出版社，1985 年 3 月。

16. 《唐詩演變之研究》，高大鵬撰，1985 年 4 月。

17. 《唐詩故事》，陸家驥著，鳳凰城圖書公司，1985 年 7 月。

18. 《唐詩演義》，薛浩著，號角出版社，1986 年 3 月。

19. 《中國才女》，周宗盛著，水牛圖書出版，1986 年 7 月。

20. 《中國詩歌藝術研究》，袁行霈，北京師大，1986 年 6 月。

21. 《中國詩律研究》，王子武著，文津出版社，1986 年 6 月。

22. 《全唐詩尋幽探微》，墨人，台灣商務印書館，1987 年 8 月。

23. 《中國古典詩詞的女性研究》，康正果著，河南人民出版社，1988 年 9 月。

24. 《唐詩的滋味》，劉逸生等著，天山出版社，1988 年 12 月。

25. 《意象的流變》，呂興昌著，聯經出版公司，1989 年。

26. 《中國山水詩的藝術脈絡》，袁行霈著，五南圖書，1985 年 5 月。

27. 《唐代文學論集》，羅聯添著，台灣學生書局，1989 年 5 月。

28. 《詩藝論叢》，黃稚荃著，巴蜀書社，1989 年 5 月。

29. 《古詩文鑒賞入門》，郁賢皓主編，新地文學出版社，1990 年 9 月。

30. 《唐詩》，詹鍈著，國文天地雜誌社，1990 年 10 月。

31. 《中國古典詩歌藝術新探》，王英志著，江蘇古籍出版社，1990 年 11 月。

32. 《古代女性世界》，洪丕謨、姜玉珍著，江蘇古籍出版社，1990 年 11 月。

33. 《中國歷代故事詩》，邱燮友著，三民書局，1991 年 1 月。

34. 《中國古典詩歌叢話》，陳祥耀著，華正書局，1991 年 3 月。

35. 《中國女生的文學生活》，譚正璧著，莊嚴出版社，1991 年 4 月。

36. 《中國詩學之精神》，胡曉明著，江西人民出版社，1991 年 5 月。

37. 《唐代社會與元白文學集團關係之研究》，馬銘浩著，學生書局，1991 年 6 月。

38. 《唐詩賞論》，初國卿著，遼寧人民出版社，1991 年 7 月。

39. 《十大名妓》，秦克、鮑民等著，上海古籍出版社，1991 年 10 月。

40. 《唐詩藝術技巧》，師長泰著，陝西人民出版社，1991 年 11 月。

41. 《中國文學八論》，劉麟生主編，中州古籍出版社，1991 年 11 月。

42. 《妓家風月》，東郭先生，北岳文藝出版社，1991 年 11 月。

43. 《五千年藝苑才女》，殷偉著，中州古籍出版社，1992 年 1 月。

44. 《唐詩論稿》，劉曾遂著，杭州大學，1992 年 1 月。

45. 《唐詩新賞》，張淑瓊主編，地球出版社，1992 年 1 月。

46. 《巴蜀藝文五種》，楊世明等選註，巴蜀書社，1992 年 2 月。

47. 《唐詩故事三六五》，張仁健主編，國際文化出版社，1992 年 7 月。

48. 《中國詩歌的審美境界》，禹克坤著，中國廣播電視出版社，1992 年 8 月。

49. 《唐詩精品》彭慶生主編，北京燕山出版社，1992 年 10 月。

50. 《歷代才女智慧選輯》，魏樹因編，先見出版公司，1993 年 5 月。

51. 《中國名妓》，萬獻初著，漓江出版社，1993 年 5 月。

52. 《中國歷代名媛》，林新乃編，上海文藝出版社，1993 年 6 月。

（3）詩話‧詩文考評‧箋註

1. 《升庵詩話》，明‧楊慎撰，藝文百部叢書集成‧函海。

2. 《主客圖》，唐‧張爲撰，藝文百部叢書集成‧函海。

3. 《藝苑巵言》，明‧王世貞撰，藝文百部叢書集成‧學海類編。

4. 《唐才子傳》，元‧辛文房撰，世界書局，1970 年 11 月。

5. 《柳亭詩話》，清‧宋長白撰，廣文書局，1971 年 9 月。

6. 《詩藪》，明‧胡應麟撰，廣文書局，1972 年 8 月。

7. 《歷代婦女著作考》，胡文楷撰，鼎文書局，1973 年 5 月。

8. 《論詩絕句甲乙集敘例》，鍾應梅，香港華國學會，1975 年 4 月。

9. 《雲谿友議》，唐‧范攄撰，世界書局，1979 年 6 月。

10. 《歷代詩話》，清‧吳景旭撰，世界書局，1979 年 6 月。

11. 《唐音癸籤》，明‧胡震亨撰，世界書局，1979 年 6 月。

12. 《唐詩鼓吹箋註》，元‧郝天挺注、廖文炳解，新文豐出版社，1979 年 10 月。

13. 《歷代詩話》，清‧何文煥輯，漢京文化事業，1982 年 1 月。

14. 《唐代詩評中風格論之研究》，黃美玲，文史哲出版社，1982 年 2 月。

15. 《唐人絕句評注》，富壽蓀選註、劉拜山評解，木鐸出版社，1982 年 6 月。

16. 《唐詩紀事》，宋・紀有功撰，鼎文書局，1982 年 7 月。

17. 《青樓詩話》，雷瑨輯，廣文書局，1982 年 8 月。

18. 《詩話和詞話》，張葆全著，上海古籍出版社，1984 年 1 月。

19. 《藝概箋注》，清・劉熙載撰、王氣中箋注，貴州人民出版社，1986 年。

20. 《本事詩》，唐・孟棨撰，新文豐出版社，1987 年 6 月。

21. 《百家唐宋詩新話》，傅庚生、傅光編，四川文藝出版社，1988 年。

22. 《唐詩百話》，施蟄存著，上海古籍出版社，1988 年 3 月。

23. 《唐詩紀事校箋》，王仲鏞著，巴蜀書社，1989 年 8 月。

24. 《唐才子傳校箋》，傅璇琮編，北京新華書社，1990 年 5 月。

25. 《中國文學批評的理論與實踐》，張雙英著，國文天地雜誌社，1990 年 10 月。

26. 《詩人主客圖圖考》，唐・張為撰、袁寧珍輯，叢書集成續編，新文豐出版社，1991 年。

（4）史類方志・藝術劄記

1. 《唐國史補》，唐・李肇撰，藝文百部叢書集成，學津討原。

2. 《續博物志》，宋・李石撰，藝文百部叢書集成，古今逸史。

3. 《方輿勝覽》，宋・祝穆輯，藝文百部叢書集成，續聚珍版叢書。

4. 《蜀檮杌》，宋・張唐英撰，藝文百部叢書集成，藝海珠塵。

5. 《輿地碑記目》，宋・王象之撰，藝文百部叢書集成，粵雅堂叢書。

6. 《蜀碑記》，宋・王象之撰，藝文百部叢書集成，金華叢書。

7. 《太平寰宇記》，宋・樂史撰，藝文百部叢書集成，古逸叢書。

8. 《中國婦女生活史》，陳東原著，上海文藝出版社，1928 年 1 月。

9. 《書影》，清・周亮工撰，讀書箚記叢刊第二期，世界書局，1963 年 4 月。

10. 《文獻通考》，元・馬端臨撰，新興書局 1964 年。

11. 《文史通義》，清・章學誠撰，世界書局，1968 年。

12. 《考槃餘事》，明・屠隆，觀賞彙錄，世界書局，1968 年 11 月。

13. 《蜀中名勝記》，明・曹學佺撰，學海出版社，1969 年。

14. 《四川通志》，清・楊芳燦等撰，台灣華文書局，1970 年。

15. 《中國娼妓史話》，王書奴撰，仙人掌出版社，1971 年 3 月。

16. 《讀史方輿紀要》，清・顧祖禹著，新興書局，1972 年 6 月。

17. 《文房四譜·蜀牋譜》元，費著撰，藝術叢編第一輯，世界書局，1974 年 12 月。

18. 《古今圖書集成》，清·陳夢雷編，鼎文書局，1977 年。

19. 《舊唐書》，後晉·劉昫撰，讀者書店編輯，1978 年。

20. 《新唐書》，宋·歐陽脩撰，讀者書店編輯，1978 年。

21. 《郡齋讀書志》，宋·晁公武撰，台灣商務印書館，1978 年 1 月。

22. 《直齋書錄解題》，宋·陳振孫撰，台灣商務印書館，1978 年 5 月。

23. 《插圖本中國文學史》，鄭西諦著，盤庚出版社印行，1978 年 12 月。

24. 《中國文學批評史》，羅根澤著，學海出版社，1980 年 9 月。

25. 《宣和書譜》，唐人書學論著，世界書局，1981 年 11 月。

26. 《全蜀藝文志》，明·周復俊編，商務影印文淵閣四庫全書，1983 年。

27. 《寰宇通志》，明·陳循等撰，玄覽堂叢書，國立中央圖書館，1985 年 12 月。

28. 《資治通鑑》，宋·司馬光撰、胡三省注，蒲公英出版社，1986 年 6 月。

29. 《唐絕句史》，周嘯天著，重慶出版社，1987 年 5 月。

30. 《巴蜀叢書》，何崇文等著，巴蜀書社，1988 年 1 月。

31. 《詞曲史》，王易撰，廣文書局，1988 年 8 月。

32. 《中國古代婦女史》，劉士聖著，青島出版社，1991 年 6 月。

33. 《中國名妓藝術史》，嚴明著，文津出版社，1992 年 8 月。

34. 《中國婦女文學史》，謝無量編，中州古籍出版社，1992 年 9 月。

35. 《隋唐文化史》，趙文潤著，陝西師大，1992 年 9 月。

36. 《四川古代史話》，徐才安著，重慶出版社，1992 年 11 月。

（5）筆記雜著·傳奇小說

1. 《北里志》，唐·孫棨撰，古今說海·續百川學海。

2. 《資暇集》，唐·李匡乂撰，藝文百部叢書集成·陽山顧氏文房。

3. 《鑒戒錄》，五代·後蜀何光遠撰，藝文百部叢書集成，學津討原。

4. 《唐摭言》，五代·南漢，王定保撰，雅雨堂藏板。

5. 《清異錄》，北宋·陶穀撰，藝文百部叢書集成，寶顏堂秘笈。

6. 《南部新書》，北宋·錢易撰，藝文百部叢書集成，學津討原。

7. 《益部談資》，明·何宇度撰，藝文百部叢書集成，學海類編。

8. 《婦學》，清・章學誠撰，藝文百部叢書集成，藝海珠塵。

9. 《斠補隅錄》，清・蔣光煦輯，藝文百部叢書集成，涉聞梓舊。

10. 《翦燈餘話》，明・李昌祺撰，中國筆記小說名著第一集，世界書局，1965 年 3 月。

11. 《綠窗新話》，南宋・皇都風月主人編，中國筆記小說名著第一集，世界書局，1965 年 3 月。

12. 《今古奇觀》，明・抱甕老人撰輯，世界書局，1968 年 11 月。

13. 《蜀鑑》，郭允蹈撰，正中書局，1973 年 12 月。

14. 《字觸》，清・周亮工輯，筆記小說大觀廿一編，新興書局，1978 年 8 月。

15. 《唐語林》，宋・王讜撰，台灣商務印書館，1979 年 7 月。

16. 《青泥蓮花記》，梅禹金纂輯，廣文書局，1980 年。

17. 《太平廣記》，宋・李昉等編，文史哲出版社，1987 年 5 月。

18. 《二刻拍案驚奇》，明・凌蒙初著，三秦出版社，1993 年 6 月。

期刊論文

1. 〈中國歷代女子對於文化之貢獻〉，吳鼎，《實踐家專學報》第五期，1974 年 3 月。

2. 〈元稹簡表〉，卞孝萱，《山西大學學報》，1981 年 2 月。

3. 〈論唐代的抒情歌詞——七言絕句〉，王德宇，《文學評論》，1981 年 2 月。

4. 〈唐詩所表現的生活理想和精神風貌〉，余恕誠，《文學遺產》，1982 年第二期。

5. 〈近年唐人詩文集的整理和出版〉，傅璇琮，《文學遺產》，1983 年第三期。

6. 〈買笑黃金莫訴貧——白居易與妓女〉，楊宗瑩，《中國學術年刊》第六期，1984 年 6 月。

7. 〈女樂倡優〉孫景琛，《文史知識》，1984 年第七期。

8. 〈唐「詩人主客圖」試析〉，王夢鷗，中央日報・《文藝評論》，1985 年 3 月。

9. 〈元稹其人〉，董乃斌，《文史知識》，1985 年第一期。

10. 〈唐代女冠與娼妓詩歌〉，張修蓉著，《聯合文學》二十五卷十七期，1986 年 3 月。

11. 〈說唐詩〉，陳伯海，《中華文史論叢》，1987 年第一期。

12. 〈論唐人送別詩〉，羅漫，《文學遺產》，1987 年第二期。

13. 〈唐代文人和妓女的交往及其與詩歌的關係〉，孫菊園，《文學遺產》，1989 年第三期。

14. 〈中晚唐文壇大勢──由雅入俗〉，林繼中，《人文雜誌》，1990 年第三期。

15. 〈楊升庵詩論初探〉，黃寶華，《上海師大學報》，1991 年第一期。

16. 〈兩刻《拍案驚奇》的倫理意識──古代小說文化散論〉，石育良，《山東大學學報》，1991 年第四期。

17. 〈論中唐詩人審美心態與詩歌意境的變化〉，孟二冬，《中國古代近代文學研究》，1991 年第五期。

18. 〈自然見真情──詩歌語言藝術漫談之一〉，蔡華同，《國文天地》第八十八期，1992 年 9 月。

19. 〈論唐詩的理想〉，李暉，《中國古代近代文學研究》第二期，1992 年。

20. 〈「元和體」與中唐詩風〉，高國興、莊鴻雁，《中國古代近代文學研究》第三期，1992 年。

21. 〈試論元稹詩歌創作的美學追求〉，《中國古代近代文學研究》第三期，1992 年。

22. 〈唐人抒情絕句的描寫藝術〉，韋海燕，《中國古代近代文學研究》第十二期，1992 年。

23. 〈中國詩話與唐宋詩研究〉，蔡鎮楚，《中國古代近代文學研究》第十二期，1992 年 4 月。

24. 〈「親風雅」──唐代詩歌批評的一項基本標準〉，莉立民，》中國古代近代文學研究》第十二期，1992 年 6 月。

25. 〈論唐詩意境的新開拓〉，李暉，《文學遺產》，1992 年第三期。

26. 《唐代女子身分與生活研究》，周次吉撰，政大中研所博士論文。

27. 《唐人論唐詩研究》，陳坤祥撰，文大中研所博士論文。

28. 《中晚唐詩研究》，馬楊萬撰，台大中研所碩士論文，1974 年。

29. 《唐代女詩人研究》，張慧娟撰，文化中研所碩士論文，1978 年。

30. 《全唐詩婦女詩歌之內容分析》，嚴紀華撰，政大中研所碩士論文，1981 年。

31. 《唐詠物詩研究》，盧先志撰，東吳中研所碩士論文，1986 年。

四、其　他

1. 《天工開物》，宋應星撰，台灣商務印書館，1975 年 7 月。

2. 《唐律通論》，戴炎輝編選，正中書局，1985 年。

3. 《唐律疏議》，唐‧長孫無忌等編，台灣商務印書館影印文淵閣四庫全書，1983 年。

4. 《詩經》，十三經注疏本，藝文印書館，1989 年。

5. 《四庫全書總目提要》，清‧永瑢、紀昀等撰，藝文印書館，1989 年 1 月。

書　影

書影一：原刊本卷一

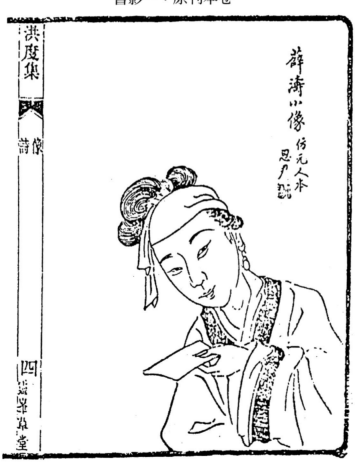

書影二：張大千作・轉引自《望江樓志》

書影三：轉引自《唐詩故事》（望江公園內的薛濤井）

書影四：轉引自《唐詩故事》

崇麗閣（望江樓）

書影五：劍南道北部

劍 南 道 北 部

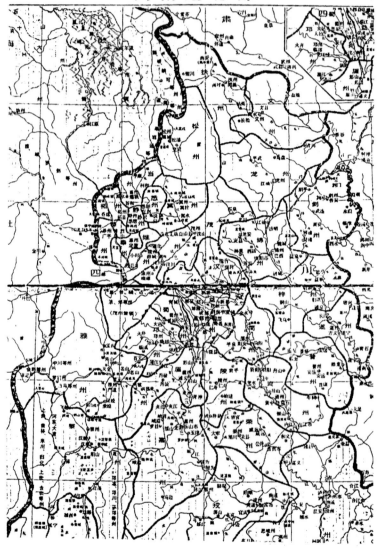

書影六：山南東道／山南西道

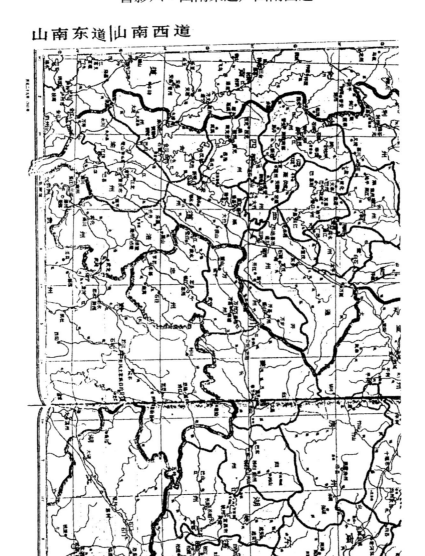